Diogenes Taschenbuch 22678

Phone

Woody Allen

Manhattan Murder Mystery

Drehbuch
Aus dem Amerikanischen
von Jürgen Neu

Mit 14 Fotos

Diogenes

Originaltitel:
›Manhattan Murder Mystery‹

Fotos von Brian Hamill

Erstausgabe

50/94/36/1
ISBN 3 257 22678 0

Manhattan Murder Mystery 1994

Darsteller:

Larry Lipton	Woody Allen
Carol Lipton	Diane Keaton
Paul House	Jerry Adler
Lillian House	Lynn Cohen
Sy	Ron Rifkin
Marilyn	Joy Behar
Jack, der Hausmeister	William Addy
Nachbarn	John Doumanian
	Sylvia Kauders
Notärztin	Ira Wheeler
Ted	Alan Alda
Marcia Fox	Anjelica Huston
Helen Moss	Melanie Norris
Frau Dalton	Marge Redmond
Nick Lipton	Zach Braff
Angestellte des ›Club 21‹	George Manos
	Linda Taylor
Hotelportier	Aida Turturro
Polizisten	John A. Costelloe
	Frank Pellegrino
	Philip Levy
	Wendell Pierce
	Steven Randazzo
Nachtportier	Yanni Sfinias
Zimmermädchen	Gloria Irizarry
Lillians Schwester	Ruth Last
Theaterbesucherin	Suzanne Raffaelli
Hubschrauberpilot	Al Cerullo

Stab:

Regie	Woody Allen
Produktion	Robert Greenhut

Buch:	Woody Allen und Marshall Brickman
Ausführende Produzenten:	Jack Rollins und Charles H. Joffe
Fotografische Leitung:	Carlo di Palma, A. I. C.
Ausstattung:	Santo Loquasto
Schnitt:	Susan E. Morse, A. C. E.
Kostüm:	Jeffrey Kurland
Koproduzenten:	Helen Robin und Joseph Hartwick
Besetzung:	Juliet Taylor
Assoziierter Produzent:	Thomas Reilly

Musik:

»I happen to like New York«
von Cole Porter
interpretiert von Bobby Short
mit freundlicher Genehmigung
von Atlantic Recording Corp.
mit Einverständnis von Warner
Special Products

»The best things in life are free«
von B. G. DeSylva, Lew Brown
& Ray Henderson
interpretiert von Erroll Garner
mit freundlicher Genehmigung
von Octave Records, Inc.

»The Hallway«
von Miklos Rozsa
aus dem Spielfilm *Double Indemnity*
mit freundlicher Genehmigung
von MCA/Universal

»Der Fliegende Holländer«
von Richard Wagner
interpretiert vom Chor und
Orchester der Staatsoper
München
unter der Leitung von
Clemens Krauss
Gesang von Hans Hotter
mit freundlicher Genehmigung
von Laudis S. R. L.

»Take Five«
von Paul Desmond
interpretiert von The Dave
Brubeck Quartet
erschienen auf Columbia Records
mit freundlicher Genehmigung
von Derry Music Company

»I'm in the mood for love«
von Jimmy McHugh & Dorothy
Fields
interpretiert von Erroll Garner
mit freundlicher Genehmigung
von Octave Records, Inc.

»The big noise from Winnetka«
von Ray Bauden & Bob Haggart
interpretiert von Bob Crosby,
seinem Orchester und
The Bobcats
mit freundlicher Genehmigung
von MCA Records

»Out of nowhere«
von John Green & Edward
Heyman

interpretiert von Coleman Hawkins und seiner All-Star Jam Band
mit freundlicher Genehmigung von EMI Records Group
mit Einverständnis von CEMA Special Markets

»Have you met Miss Jones«
von Lorenz Hart & Richard Rodgers
interpretiert vom Art Tatum-Ben Webster Quartet
mit freundlicher Genehmigung von Fantasy, Inc.

»Overture« aus dem Musical »Guys and Dolls«
von Frank Loesser
interpretiert von der New Broadway Cast
mit freundlicher Genehmigung von RCA Victor, einem Tochterunternehmen von BMG Classics

»Sing, sing, sing (with a swing)«
von Louis Prima
interpretiert von Benny Goodman und seinem Orchester
mit freundlicher Genehmigung von Columbia Records
mit Einverständnis von Sony Music Licensing

»Misty«
von Erroll Garner
interpretiert von Erroll Garner
mit freundlicher Genehmigung von PolyGram Special Markets, einem Tochterunternehmen von PolyGram Group Distribution, Inc.

Außen. Nacht. New York City.

Aus einem Hubschrauber bewegt sich die Kamera über die Skyline und endet auf dem Madison Square Garden, den sie ruhig umkreist. Bobby Short singt »I happen to like New York«. Schnitt.

Innen. Nacht. Madison Square Garden.

Durch die Schutzglasscheibe blickt die Kamera auf ein Eishockeymatch der New York Rangers und schwenkt dann schnell auf Carol und Larry, die auf der Tribüne sitzen. Larry verfolgt mit offenem Mund das Spiel. Carol wirkt uninteressiert und blickt gelangweilt an die Hallendecke.

Larry: Ach, komm. Du hast versprochen, daß du das ganze Eishockeyspiel durchhältst, ohne dich zu langweilen. Und ich halte dafür die Wagner-Oper nächste Woche durch.

Carol (gleichzeitig): Was ist? – Ich weiß, Schatz, ich hab's versprochen.

Larry: Ich hab auch schon Ohrenstöpsel.

Carol: Ja. Aber bei deinen Augen überrascht es mich, daß du hier den Puck siehst.

Larry reagiert auf ein Tor. Carol klatscht nicht sonderlich begeistert.

Larry: Oooh!

Carol: Super, ja!

Innen. Nacht. Das Wohnhaus von Carol und Larry.

Durch die Glastür des Eingangs blickt die Kamera auf die Straße. Carol und Larry kommen ins Haus und gehen am Portier vorbei.

Larry: O Gott, ich kann's gar nicht erwarten, ins Bett zu kriechen und mich auszustrecken.

Carol (sehr gelangweilt): Ja.

Larry: Es gibt nachher noch einen Bob-Hope-Film im Fernsehen.

Carol: Ich weiß.

Larry trägt eine Einkaufstüte und eine Zeitung. Carol liest eine Zeitungsseite und reagiert auf eine Meldung darin.

Carol: Nicht zu fassen, dieser Kerl in Indiana. Hat zwölf Menschen getötet, sie zerstückelt und gegessen.

Larry: Wirklich? Das ist auch eine Lebensalternative.

Carol: Ja. Allerdings.

Die beiden sehen zum Fahrstuhl. Schnitt. Die Tür des Fahrstuhls öffnet sich. Carol und Larry steigen ein. Larry drückt den Fahrstuhlknopf. Lillian und Paul House rufen aus dem Off. Larry drückt die Stoptaste.

Paul (off): Warten Sie bitte auf uns!

Lillian (off): Wir kommen.

Paul (off): Halten Sie ihn fest!

Lillian und Paul, ein Ehepaar um die sechzig, betreten den Fahrstuhl.

Lillian: Da sind wir. Okay.

Paul: Danke.

Lillian: Ach!

Der Fahrstuhl fährt nach oben. Lillian spricht Carol an.

Lillian: Ich, äh, ich hab Sie 'n paarmal im Fitness-Raum gesehen.

Carol: Ach, ja?
Lillian: Ja, wir wohnen in der Wohnung den Flur runter.
Carol: Oh, ich geh' immer dann, wenn ich mich dazu überwinde.
Lillian: Die Zeit dazu sollte man sich nehmen. Es wirkt Wunder.
Carol: Ach, Gott, ja. So ... so seh ich das auch.
Lillian: Das Training hat mein Leben verändert, einfach ...
Carol: Was Sie nicht sagen!
Larry: Ich ziehe da Muskelschwund vor.
Paul: (lacht)
Carol: (lacht)
Lillian: (lacht)
Larry: Ich bin kein so großer Fitness-Fan.
Paul: Wir haben letzte Woche ein Laufband gekauft.
Carol: Ach, wir hatten eins, aber wir haben es wieder abgeschafft. Es hat einfach zuviel Platz weggenommen.
Lillian: Ach, es ... es ...
Larry: Weil man es ab und zu anschalten und draufsteigen muß. Das war ihr Problem.
Carol: He, he, ich ...
Lillian: Und das ist so verwirrend mit den vielen Knöpfen und Computerprogrammen. Ich werde das nie kapieren.
Carol: Oh, ich weiß.

Innen. Nacht. Flur in dem Wohnhaus.

Der Fahrstuhl kommt an. Die beiden Paare steigen aus. Carol und Larry wollen in ihre Wohnung gehen. Lillian und Paul reden weiterhin auf die beiden ein.

Carol (off): Es ist schon spät.

Lillian: Es ist sehr schön, Sie kennenzulernen. Ich hab Sie so oft im Flur gesehen. Und ich wollt' immer schon mal guten Tag sagen.

Paul: Das ist typisch für New York, man hat Nachbarn, aber man kennt sie nicht.

Carol: Na ja, wie dem auch sei ... gute Nacht.

Paul: Gute Nacht.

Larry: Gute Nacht.

Lillian (zu Paul): Ein ganz reizendes Paar, findest du nicht auch?

Carol und Larry sind schnell zu ihrer Wohnungstür gegangen. Lillian House ruft den beiden hinterher.

Lillian: Ach, äh, sagen Sie ... hallo?

Carol (off): Ja?

Die Kamera schwenkt schnell auf Carol und Larry.

Lillian: Ach, kommen Sie doch noch auf einen Moment rein, und trinken Sie einen Schluck mit uns.

Carol: Oh?!

Larry gestikuliert stark ablehnend.

Lillian (off): Darüber würden wir uns sehr freuen.

Carol: Oh, na ja, das ist aber sehr nett von Ihnen ... Ach, bitte?!

Larry macht noch einmal eine ablehnende Geste.

Paul (off): Sie macht einen erstklassigen Irish Coffee.

Larry: Ich möchte mir diesen Film im Fernsehen ansehen. Den will ich mir ansehen.

Carol macht eine abweisende Handbewegung.

Lillian (off): Äh, äh, Sie müssen mir eine Laufbandstunde geben.

Larry fletscht verächtlich die Zähne. Carol geht auf die Wohnung des Ehepaares House zu. Larry folgt mit Abstand.

Carol: Ach, was das Lauf ... also gut, wenn sogar ich das begreifen kann, dann, glauben Sie mir, schafft das jeder. (lacht)

Larry: (lacht unsicher, verklemmt)

Lillian (off): (lacht)

Paul (off): (lacht)

Lillian (off): Sehen Sie sich mal die Gebrauchsanweisung an. Die macht mich verrückt.

Innen. Nacht. Schlafzimmer des Ehepaares House.

Lillian: Also, ich hab' keine Ahnung, wie das funktioniert.

Carol: Nein, bitte, es ist ganz leicht.

Lillian: Sehen wir mal in das Buch. Ein wunderbares Buch hab ich dazubekommen.

Lillian House hat auf der Schminkkommode im Schlafzimmer die umfangreiche Gebrauchsanweisung gefunden. Sie blättert suchend darin.

Lillian: Ich bin jetzt auf Stufe 5.

Carol (sehr erstaunt): Was??

Lillian: Das weiß ich genau.

Carol (off): So weit sind Sie schon?

Lillian: Aber ich trainiere ja auch andauernd.

Carol: Ach, Gott, ich bin nur bis Stufe 2 gekommen. Das ist ja erstaunlich.

Lillian geht mit der Gebrauchsanweisung jetzt zu Carol, die direkt an dem Laufband steht.

Lillian: Sehen Sie mal, diese Diagramme, ist das zu fassen? Ich werde überhaupt nicht klug daraus.

Carol: Zeigen Sie mal.

Lillian steigt auf das Laufband und deutet auf eine Abbildung in der Gebrauchsanweisung.

Lillian: Ja ... gern. Sehen Sie das da?

Innen. Nacht. Wohnzimmer des Ehepaares House.

Paul geht mit einem Briefmarkenalbum auf Larry zu, der einen unruhigen Eindruck macht und übertrieben höflich reagiert. Paul setzt sich neben Larry.

Paul: Jetzt zeig ich Ihnen eine postfrische 1933er Luftpost. Sehr selten ... und sehr schön.

Larry: Ja.

Paul: Sehen Sie doch.

Paul hält ein Vergrößerungsglas an die Briefmarken.

Paul: Und dieser Bogen hier ist einzigartig, weil er einen Plattenfehler hat. Schauen Sie, ob Sie ihn finden.

Larry: Äh, so was fällt mir schwer.

Paul: Ich geb Ihnen einen kleinen Tip. Hier unten.

Larry: (lacht übertrieben) Das ... das ... das klitzekleine Ding da?

Paul: Interessant ... nicht?

Larry: Oooh, Sie haben wirklich eine ...

Paul: Dadurch wird sie sehr wertvoll, wissen Sie?

Larry: Aha!

Paul greift zwei Karten mit weiteren Briefmarken, die auf dem Tisch lagen, und zeigt sie Larry.

Paul: Und ich hab gerade einen Gedenksatz erworben, der auch ziemlich wertvoll werden wird.

Larry: Ja.

Paul: Sehen Sie mal die Farbe... Da. Die werden sicher alle sehr wertvoll werden.

Larry steht entschieden auf und will gehen.

Larry: Also, wir hindern Sie sicher am Schlafengehen, nicht? Ich... ich... ich... ich sollte lieber gehen.

Die Kamera folgt Larry. Paul bleibt sitzen.

Paul: Oh, nein, nein, nein. Das ist doch reizend. (off) Was machen Sie, wenn ich fragen darf?

Larry sucht seine Frau.

Larry (will Carol rufen): Car... Wer, ich? Ich bin im Verlagswesen. Bücher. Ich bin bei Harper's.

Die Kamera schwenkt auf Paul.

Paul: Tatsächlich?

Larry (off): Ja.

Paul: Ich besitze ein altes Kino. Wird gerade renoviert.

Larry (off): Ooh!

Paul: Ich hatte schon mal drei. Na ja, die Branche ist auch nicht mehr das, was sie mal war.

Larry (off): Hm.

Paul zeigt Larry weitere Briefmarken.

Paul: Schauen Sie mal die Präsidentenserie. (off) Sehen Sie, die Farben. Und alle Zacken sind noch intakt.

Larry ist immer uninteressierter. Er sucht weiterhin Carol.

Larry: Ja... Wo ist Carol?

Paul (off): Alle sind...

Larry: Denn wir... ich finde, wir sollten jetzt gehen. Wirklich.

Paul (off): Ach, wirklich?

Lillian und Carol kommen jetzt auch in das Wohnzimmer.

Larry: Ja. Also wir sind schon …

Lillian: Der Kaffee ist fertig.

Paul (off): Gut.

Larry: Oh, Kaffee … den Kaffee hatte ich vergessen. (Er lächelt hilflos.)

Paul läßt die Marken liegen und führt Larry mit dem Arm auf der Schulter zum Sofa.

Paul: Damit können wir später weitermachen. Kommen Sie jetzt.

Innen. Nacht. Wohnzimmer des Ehepaares House.

Etwas später. Die vier sitzen jetzt um den Couchtisch herum.

Lillian: Tja, wir hatten keine Kinder, aber man kann sich ja leicht da hineinversetzen.

Carol: Oh.

Lillian: Äh … äh … auf welches College geht denn Ihr Sohn?

Carol: Brown.

Lillian: Oh.

Paul: Eine schöne Farbe. (er lacht)

Lillian: (lacht kräftig und aufgesetzt)

Carol: (lacht kräftig)

Lillian: Paul ist nie aufs College gegangen. Er ist ein Selfmade-Man.

Carol: Ach!

Paul: Ich hab's immer bereut. Bildung ist doch das Zweitwichtigste im Leben.

Lillian: (stimmt zu)

Paul: Zuerst kommt die Gesundheit, dann die Bildung, dann Geld.

Carol: Mhm.

Lillian: (lacht über Pauls Grundsätze)

Larry steht auf und möchte gehen.

Larry: Es ist schon verblüffend, wie die Zeit ver... Wir würden...

Lillian: Und, äh, arbeiten Sie?

Larry setzt sich enttäuscht wieder hin und kratzt sich am Hinterkopf.

Carol: Hä? Wer, ich?

Lillian: Ja.

Carol: Oh... Na ja... es ist so... ich hab' mal in einer Werbeagentur gearbeitet, aber das ist lange her...

Die Kamera fährt jetzt auf die beiden Frauen und Larry zu. Er hat die Arme über der Brust verschränkt und macht einen mißmutigen, gelangweilten Eindruck.

Carol: Tja, ich habe ernsthaft daran gedacht, ein kleines Restaurant zu eröffnen. Aber...

Lillian: Ach, ja?

Carol: Ja, aber... na ja, Larry, (lacht etwas) er versucht, es mir auszureden.

Larry: Aber sie kocht ausgezeichnet. Wirklich. Ihr... ihr Ente-Fenchel-Omelett auf einem Jakobsmuschelbett in Sauce hollandaise mit Trüffeln und Kalbsbries, danach ziehen Sie sich wie ein Fötus zusammen, und dann liegen Sie einen Monat glücklich im Bett.

Carol: Ja. (sie lächelt)

Lillian: (lacht)

Paul: (lacht)

Carol: Er nimmt mich gern auf den Arm. Aber eigentlich ißt er sehr gern Extravagantes.

Lillian: Meine Schwäche sind reichhaltige Desserts. Mit Sahne, Butter. Alles, was fett ist.

Carol: Ach, wirklich? Ach, dann lassen ... hören Sie, ich mach Ihnen ein Dessert, da verdrehen Sie die Augen. Und Sie werden einen Monat trainieren müssen, um das runterzubekommen.

Paul (off): (lacht)

Lillian (lächelnd): Tja.

Paul (off): An unserem Hochzeitstag gehen wir ins »Le Cirque«.

Carol: Nein, wirklich?

Lillian: Ja.

Paul (bestätigend): Mhm.

Lillian: Der 28ste. Im November.

Die Kamera schwenkt auf Paul, der lächelnd nickt.

Carol (off – sehr erstaunt): Wirklich?!

Paul: Und was kauft man dann einer Frau, die schon alles hat?

Die Kamera schwenkt zurück auf die Frauen und Larry.

Lillian: Wir haben auch schon ein Doppelgrab auf dem Friedhof.

Larry reibt sich die Knie und nimmt wieder am Gespräch teil.

Larry: Na ja, das ist sicher ...

Carol: (lacht)

Larry: Tja, ich ..., ich finde, mit einem Bentley liegt man nie falsch, wissen Sie?

Lillian: (lacht)

Paul: (lacht)

Larry: Oder Sie machen es so wie ich mit ihr. Zu unserem 20sten hab ich ihr sehr schöne Taschentücher gekauft.

Carol: (schmunzelt)

Lillian: (lacht)

Carol: Ja, äh, nein, aber... Sie wissen schon, es waren meine Initialen reingestickt.

Larry: Ja, es war eine Luxusqualität. Und ich kannte nicht mal ihre Größe.

Carol, Lillian und Paul lachen laut.

Larry: Ich gehe jetzt rüber.

Innen. Nacht. Carols und Larrys Wohnung.

Das Bild ist zuerst völlig dunkel. Nach dem Einschalten des Lichts sieht man, wie Carol und Larry in ihre Wohnung kommen.

Larry: Herrgott, wolltest du dich da drüben nicht vielleicht noch etwas länger unterhalten? Und ich hab dir schon verzweifelt Zeichen gegeben.

Carol: Okay... hä? Ach, ich wollte mich doch nur gutnachbarlich verhalten.

Larry: Gutnachbarlich?

Larry geht den Flur entlang ins Schlafzimmer. Carol bleibt vorn.

Carol: Ja.

Larry: Wenn dieser Kerl mir seine Briefmarkensammlung noch mal gezeigt hätte... Das ist ja meine Lieblingsbeschäftigung, wie du weißt, mir entwertetes Porto anzusehen.

Carol (off): Ach, ich bitte dich, Larry. Es war nett. Sie, sie freuen sich so auf ihren Hochzeitstag.

Larry zieht sich das Jackett aus.

Larry: Okay. Und ich freue mich jetzt auf diesen Bob-

Hope-Film. Ich weiß nicht, warum sie den so spät senden.

Jetzt kommt Carol den Flur entlang und geht zu Larry ins Schlafzimmer.

Carol: Weißt du ... Glaubst du, daß das bei uns auch so sein wird?

Larry (off): Was?

Carol: Na ja, daß wir so werden wie sie. Also, auch so ein langweiliges, alterndes Ehepaar, weißt du, mit unseren kleinen Spaziergängen und ...

Larry (off – unterbricht): Wir sind ein langweiliges alterndes Ehepaar. (er lächelt)

Carol: ... unserem Fernseher, unseren Lachsbrötchen und ... unserem Doppelgrab auf dem Friedhof?

Carol ist jetzt auch im Schlafzimmer und beginnt sich auszuziehen. Larry sitzt auf dem Bett.

Larry: Nein, hoffentlich haben wir auch so ein Glück wie sie. Weißt du, körperlich so gut in Form zu sein wie sie in ihrem Alter...

Carol: Ja?

Larry: Sie sehen toll aus. Hast du die Hanteln gesehen, die er da stemmt?

Carol: Ja.

Larry: Würde ich solche Hanteln stemmen, würde ich einen Leistenbruch kriegen, so groß wie der San-Andreas-Graben.

Carol: Was glaubst du, wie oft schlafen sie noch miteinander?

Larry: (stöhnender Atemzug) Ach, na ja, wahrscheinlich öfter als wir, so wie sie in Form sind. Bestimmt einmal in der Woche. (er atmet tief ein und stöhnt)

Carol: Larry?

Larry (off): Ach, ich bin ja so fertig.
Carol: Larry?
Larry: Was?
Carol: Findest du mich noch attraktiv?
Larry (off): Natürlich! Was soll denn diese Frage? Natürlich tue ich das.
Carol: Ja, aber wir werden nicht so ein bequemes altes Paar Schuhe, oder meinst du doch?
Larry (lächelnd, ironisch): Bequem auf keinen Fall.
Carol: Nein? (lächelt)
Larry: Darüber brauchst du dir sicher keine Sorgen zu machen.

Außen. Tag. Ein Flohmarkt.

Die Kamera fährt an verschiedenen Ständen entlang. Die beiden Paare sind anfangs nur aus dem Off zu hören.
Larry (off): Na, wie geht's euch?
Sy (off): Uns geht's prima.
Marilyn (off): Danke, gut.
Carol (off – leise): Ach, seht doch mal.
Sy (off): Das gefällt uns. Das nehmen wir.
Marilyn (off): Das ist sehr hübsch. Wirklich.
Larry (off): Also eigentlich ...
Marilyn (off): Hört mal, sehen wir uns am Donnerstag im »Elaine's«?
Carol (off): Oh, nein. Donnerstag gehen wir in die Oper. Wagner.
Sy: (lacht)
Marilyn: Aha. Weißt du, Ted kommt mit uns ins »Elaine's«.

Carol: (lächelt) Ted?

Marilyn: Ja.

Carol: Wie geht es Ted?

Marilyn: Er... es scheint ihm gut zu gehen. Ja, also ich, ich denke wirklich, daß er froh ist... ich denke, er ist froh, geschieden zu sein.

Sy: Ach, ich glaube nicht, daß er... Nein, es geht ihm nicht... (ziemlich aggressiv) Ach, ich bitte dich. Es geht ihm gar nicht gut. Er kann nicht allein leben.

Marilyn: Na ja, er sieht... Ich finde, er sieht aus, als wenn er froh wäre.

Sy (leise, reagiert auf Flohmarkt-Objekt): Ach, das ist ja ganz schön...

Larry: Ja. ... Ja, die hier. ... Und was wollt ihr machen? Wollt ihr euch hier weiter umsehen, oder...

Sy: Nein, wir gehen ins Kino.

Marilyn: Ja. Wir sehen uns »Double Indemnity« [»Frau ohne Gewissen«] an. Kommt doch einfach mit.

Sy: Genau. Kommt doch einfach mit?

Carol: Ach, ja? Was hältst du davon?

Marilyn: Ja. Es fängt jetzt bald an.

Innen. Tag. Ein Kino.

Auf der Leinwand läuft ein Ausschnitt aus »Double Indemnity« mit Edward G. Robinson, Fred McMurray und Barbara Stanwyck.

Keyes (Edward G. Robinson): Ich würde ihr die Polizei auf den Hals hetzen, so daß sie den Verstand verliert. Die würden sie in die Mangel nehmen. Und, mein Freund, dann wird sie gezwungen auszupacken.

Walter (Fred McMurray): Die haben nichts gegen sie in der Hand, Keyes.

Keyes (Edward G. Robinson): Aber es wird reichen. Ich habe immerhin 26 Jahre Erfahrung in der Branche und diesen kleinen Mann im Magen, der mir hilft.

Außen. Abend. Die Straße vor Carols und Larrys Wohnhaus.

Carol und Larry gehen auf ihr Wohnhaus zu.

Carol (off): Ach, Gott, das ist ein großartiger Film, nicht wahr?

Larry (off): Ja, ich, ich... Einer meiner Lieblingsfilme.

Carol: Herrlich. Es ist einfach, ... sie sind alle so wunderbar in dem Film. Sag mal, mit wem könnten wir Ted verkuppeln? Also, da muß es doch irgend jemanden in deinem Büro geben...

Larry: Ted?

Carol: Ja.

Larry: Ich weiß nicht, Ted... ich dachte immer, Ted wäre in dich verknallt.

Carol: In mich? (sie lacht heftig und ironisch)

Die beiden gehen am Portier vorbei in ihr Haus.

Larry: Ja. Warum bist du so verblüfft? Ich finde, daß er...

Carol: Bitte! Ich meine, ich habe ihn sehr gern. Aber er ist für mich wie eine gute Freundin.

Larry: Und jetzt ist er geschieden, nicht wahr?

Carol (lächelnd): Hör ich da so was wie Eifersucht heraus?

Innen. Abend. Flur des Wohnhauses.

Anfangs ist das Bild völlig dunkel. Dann öffnet sich die Fahrstuhltür. Man sieht Carol und Larry. Verschiedene Personen diskutieren erregt im Flur.

Hausmeister (off): Ich mußte hier raufkommen und den Notruf wählen.

Ältere Dame: Und? Was ist denn los?

Hausmeister (off): Der ist völlig aufgelöst...

Älterer Mieter (off): Ach, ist das der... der Notarzt jetzt?

Hausmeister (off): Der Notarzt und der Krankenwagen.

Ältere Frau (off): Weiß man denn schon was Genaues? Was hat sie denn?

Larry tritt jetzt auf die Gruppe zu.

Larry: Was ist denn los, was geht hier vor? Was ist passiert?

Hausmeister: Sie hatte einen Herzanfall.

Ältere Frau: (reagiert entsetzt)

Larry: (reagiert sehr entsetzt)

Carol (off): Oh, mein Gott.

Ältere Frau (off): Ach, wie schrecklich!

Hausmeister: Sie ist tot.

Carol (off): Oh, Gott!

Larry off – völlig verblüfft): Sie ist tot??

Carol (off – gleichzeitig): Tot?

Die Kamera hat auf den Arzt und die Männer des Krankenwagens geschwenkt. Auf einer Trage liegt eine verdeckte Leiche.

Ältere Dame (off): Was, tot? Dabei sah sie aus wie das blühende Leben, ja, wirklich, so sah sie aus.

Die Kamera schwenkt wieder auf die Hausbewohner.

Hausmeister: Sie geben Mr. House gerade ein Beruhigungsmittel. Er rennt wie ein Verrückter durch die Wohnung.

Larry: Wa... wie?

Hausmeister: Ich hab den Krankenwagen gerufen, und sie kamen auch ganz schnell her. Aber sie kamen zu spät.

Larry: Gestern abend haben wir sie erst kennengelernt.

Ältere Dame (off): Schrecklich, einfach schrecklich ist das.

Älterer Mieter: Tja...

Carol: Unfaßlich, eine so gesunde Frau.

Larry: Was ist passiert?

Ein älterer Arzt tritt auf die Gruppe zu.

Arzt: Na ja, es war ein klassischer Herzinfarkt. Sie war gleich tot.

Älterer Mieter (off): Das ist der Arzt.

Carol (leise): Ja, natürlich, der Arzt.

Hausmeister: Oh, Mann.

Ältere Dame: (reagiert betroffen)

Carol: (reagiert betroffen) Können wir irgendwas tun?

Ältere Dame: Ach, Gott, nein.

Larry: Gestern haben wir sie erst kennengelernt.

Arzt (off): Sie können sich als gute Nachbarn erweisen. Wir haben ihn beruhigt, äh...

Larry: Wir haben sie gestern abend zum ersten Mal gesehen, haben sie gerade erst kennengelernt. Wir waren... Sie hatten uns zum Kaffee eingeladen.

Carol: Das ist so erschütternd.

Hausmeister: So eine nette Frau.
Älterer Mieter: Ja.
Ältere Dame (leise): Sie war so reizend. Wir haben oft miteinander geredet.
Älterer Mieter: Ein lieber Mensch.

Außen. Abend. Die Straße vor Carols und Larrys Haus.

Ein paar Tage später. Carol und Larry kommen elegant gekleidet aus dem Haus.
Carol: Also dann.
Larry: Du siehst wunderbar aus.
Mr. House kommt auf die beiden zu.
Carol: Oh, hallo!
Larry (leise): Hi.
Carol: Hallo, Mr. House. Es tut uns sehr leid.
Paul: Vielen Dank für die wunderschönen Blumen.
Carol: Oh, das ...
Paul: Das war sehr nett von Ihnen.
Carol: Aber gern geschehen.
Larry: Wenn wir irgendwas tun können, also wenn Sie etwas brauchen, sagen Sie uns Bescheid, und wir...
Carol: Sicher... Irgendwas, was es auch sei, denn, ach, Gott, es ist... es ist ein solcher Schock, wenn jemand... es geschah ja so plötzlich.
Paul: Mhm.
Carol: Denn sie schien ja so... ach, Gott, so gesund zu sein.
Larry: Ja.
Paul: Sie hatte ein Herzleiden.
Carol: Ich meine, sie war sozusagen... Ach, ja?

Paul: Mhm.
Carol: Sie hat es gar nicht erwähnt... daß sie...
Larry: Ach...
Paul: Das hätte sie nie getan.
Carol: Nein. Genau. Na ja...
Larry: Wenn wir irgend etwas tun können...
Carol: Ja, ganz egal, was.
Larry: Also, wenn Sie etwas brauchen oder einsam sind, kommen Sie vorbei... Wann immer Sie wollen.
Carol: Es ist... ja... Ja.
Paul: Danke. Sie schulden mir ein köstliches französisches Dessert.
Carol: Oh, nein, nein, nein, ich weiß doch, ich hab's nicht vergessen. Glauben Sie mir, ich hab's nicht vergessen.
Paul: Na, dann einen schönen Abend. Sie haben sich ja so rausgeputzt.
Carol: Ja... ja, stimmt. Wir gehen in die Oper.
Paul: Oh, viel Vergnügen.
Larry: Das ist mein Liebstes, mein Liebstes.
Paul: Wiedersehen.
Carol: Ja, danke.
Paul: Wiedersehen.
Carol: Wiedersehen.
Larry: Komm, wir sind schon spät dran.

Außen. Nacht. Lincoln Center. Opera House.

Die Kamera blickt auf die Fassade des Opernhauses. Man hört einen Ausschnitt aus »Der Fliegende Holländer« von Richard Wagner. Dann kommen Carol und Larry aus dem Gebäude. Carol ist empört.

Carol: Wir hatten abgemacht: Ich halte das Eishokkeyspiel durch, und du siehst dir die ganze Oper an.
Larry: Ich kann mir so viel Wagner nicht anhören, verstehst du?
Carol: Aber, was ...
Larry: Ich spüre dann den Drang, in Polen einzumarschieren.

Innen. Nacht. »Elaine's Restaurant«.

Carol und Larry sitzen mit ihren Freunden Marilyn, Sy und Ted, einem Theaterautor, zusammen.
Sy: Also wißt ihr, ich finde das seltsam. Paßt doch mal auf. Am Abend vorher trinkt sie noch Kaffee, und am nächsten schleppen sie sie in einem Leichensack raus.
Carol: Oh, sicher, ich ... Und sie sah nicht so aus, als wäre sie todkrank.
Sy (beiläufig): Ja.
Larry: Aber hör ...
Ted: Vielleicht hat er sie umgebracht, wißt ihr? Und er hat irgendwo 'ne junge Tussi unter der Matratze oder so was.
Marilyn: Was, meinst du?
Larry: Nein, nein, der nicht. Ihr solltet, ihr solltet ihn mal sehen. Der Kerl verlustiert sich beim Lecken der Rückseite von Briefmarken. Er ist ein langweiliger alter ...
Ted: Das kann ich verstehen. Es kommt drauf an, wessen Bild auf der Briefmarke zu sehen ist.
Marilyn: (lacht kräftig)
Carol: Sie hat nicht einmal erwähnt, daß sie ein Herzleiden hat.

Larry: Na, was soll sie denn sagen? Oh, ja! Hallo, ich bin Mrs. House, und ich bin herzkrank.
Carol: Na, sie hatte keine Hemmungen, mir nach fünf Minuten von ihrer Totaloperation zu erzählen.
Sy: Ist doch viel leichter, über eine Totaloperation zu reden als über ein Herzleiden.
Larry: Ja, über eine Totaloperation redet man viel leichter.
Carol: Äh, das ist richtig.
Marilyn: Das ist was anderes, das ist was anderes.
Ted: Ihr habt gesagt, sie moch... sie mochte stark cholesterinhaltige Desserts. Sagtet ihr doch, nicht?
Larry: Sie hat also eins zuviel gegessen.
Carol (off): Nein! (on) Nein, sie war nicht auf Diät. Wir haben über Diäten geredet.
Larry: Dann war sie eben nicht auf Diät, aber...
Ted: Das wär wirklich eine schöne Methode, jemanden umzubringen.
Sy: Wie?
Ted: Du verstopfst seine Arterien mit, mit Schlagsahne, Mousse au Chocolat, Butter...
Marilyn: (lacht)
Carol: Was... (lacht)
Ted: Da stirbst du sofort!
Carol: (lacht)
Marilyn: (lacht)
Larry: (lacht)
Sy: Das ist köstlich!
Marilyn: Ich möchte ein... Es ist abscheulich.
Ted: Versteht ihr, was ich meine?
Larry: Es ist abscheulich, aber es ist wirksam.
Sy: Ich find's toll.

Ted: Wär das nicht großartig?
Sy: Ja.
Marilyn, Carol: (lachen)
Marilyn: Ich würd mich gern zu Tode »biscuitieren«. Jetzt gleich. Jetzt sofort.
Sy: Ich helfe dir.
Marilyn: Ja, das würd ich gern.
Sy: Ja, gut.
Marilyn: Also, ich hätt gern noch ein Stück Kuchen. Gleich nach dem hier, soll ich 's wagen?
Sy (off): Sicher, immer zu.
Ted (zu Carol): Und du willst also ein Restaurant eröffnen. Ist es dir Ernst damit?
Marilyn (spricht über den Kuchen): Also, deiner schmeckt mir besser als der hier. (zu Carol) Das solltest du wirklich. Du kochst wunderbar.
Ted: Also, wenn du es tust, dann mit mir, ich möchte da mitmachen. Ehrlich.
Sy (off): Ehrlich?
Marilyn: Tu es doch, Carol.
Carol: Nein, ach, ich weiß nicht ... Ich meine, ist, ist das dein Ernst?
Ted: Ja ... Ach! Ach, Gott, das wäre wunderbar!
Larry: Wieso ermutigst du sie? Es ist eine sol...
Ted: Sie ist großartig. Sie ist eine tolle Köchin.
Larry: Ich weiß, aber ...
Carol (zu Ted): Eigentlich verdanke ich es dir. Denn es war seine Idee ... Diese Kochkurse ... Ich meine ...
Larry: Nein, ich finde ...
Sy: Ja, aber ein Restaurant ist eine ernste Sache. Das kannst du nicht auf die leichte Schulter nehmen. Das kann man doch nicht so locker-flockig angehen.

Ted: Ich glaube, das meint sie au...

Carol (direkt auf Sy antwortend): Ich geh das nicht locker-flockig an.

Larry: Weißt du, wie zeitraubend das ist? Ja... Du mußt jeden Abend da sein.

Sy (auf Larry antwortend): Unbedingt.

Larry: Du würdest da festhängen, weißt du. Und die Leute stehlen, wenn du nicht... Du mußt doch...

Ted: Wartet... hört doch... Hört mal...

Carol (off): Aber das ist... es ist das, was ich kann... Es ist das, was ich kann, Larry.

Ted: Sie wird kochen... Sie ist toll. Sie ist... sie ist ein Profi. Sie ist ein Profi.

Carol: Also...

Sy (off): Ja, aber...

Ted: Sie wird kochen... Sie wird in der Küche kochen... ich werde vorn sein und den Laden schmeißen... wie Rick, weißt du, in »Casablanca«.

Sy: So einfach ist das nicht.

Marilyn: Du machst das sowieso. Also kannst du damit auch Geld verdienen.

Larry (ironisch): Genau... Rick?

Ted: Ganz bestimmt. Ich... ich meine es wirklich ernst. Ich sehe das nicht als Hobby. Es muß eine seriöse Sache sein.

Sy (off): Ich werde euer erster Gast sein.

Innen. Nacht. Carols und Larrys Wohnung.

Carol kommt im Nachthemd aus dem Bad und geht zu Larry ins Schlafzimmer.

Carol: (seufzt)

Larry (off): Zuerst hatte ich mir gedacht, wir verkuppeln Ted mit Helen Dubin.

Larry liegt mit einem Buch in der Hand im Bett.

Larry: Dann fiel mir aber ein, sie würden sich nur gleich streiten über Penisneid oder so was.

Carol: Aha! (sie lacht albern und etwas ironisch)

Larry: Der arme Kerl leidet so an der Sache.

Carol: Kam er dir auch etwas zu fröhlich vor?

Larry: (stöhnt etwas)

Carol steht an ihrem Nachttisch und nimmt sich eine Haarbürste und ein Aspirinfläschchen.

Larry: Nein, er kam mir ganz normal vor, aber er... als du von der Idee mit dem Restaurant angefangen hast, da fing er an zu leuchten wie ein Glühwürmchen.

Carol: Das Restaurant?

Larry: (seufzt) Ja, er sieht sich als, na ja, als Humphrey Bogart in »Casablanca«.

Carol (nicht sonderlich interessiert): Wirklich?

Larry: Ich... ich seh ihn eher als Peter Lorre. Wie er die Hände ringt.

Carol: Nein, nein, nein. Nein, nein, nein, ich meine Mr. House... Mr. House... Erschien er dir nicht auch etwas zu fröhlich?

Carol geht mit Haarbürste und Aspirin zum Spiegel.

Larry (off): Mr. House, unser Witwer von nebenan?

Carol: Ja. Ja! Ich meine, es gibt... na, du weißt doch. Wirkte er nicht zu gelassen für einen Mann, dessen Frau gerade gestorben ist? Findest du nicht?

Larry (off): Ach, Gott, was soll der Mann denn tun? Hysterisch schluchzend durch die Straßen laufen?

Carol beginnt sich zu kämmen.

Carol: Na, ich weiß nicht. Ich weiß nur, daß sie sich angeblich auf ihren Hochzeitstag gefreut haben und, und, und, weißt du ... fa... fa... falls ich auf einmal tot umfallen würde, würdest du etwa nicht monatelang schluchzen oder jahrelang, wenn ich ...

Larry (off – unterbricht): Ach, mach nicht solche Witze, ja? Ich mag solche Bemerkungen nicht. Und außerdem bin ich es, der sich mal wieder durchchecken lassen muß. Mhm!

Carol: Ach, ich weiß nicht. Also mir kam er einfach ein bißchen zu aufgekratzt vor. Verstehst du ...? Jetzt auf einmal möchte er seine französischen Desserts. Und »einen schönen Abend«, weißt du, »in der Oper«. Und, mein Gott, »wir hätten uns so rausgeputzt«, ich meine ..., er sollte doch eigentlich ein Wrack sein.

Larry: Genau ... Übrigens, jetzt geht dieses »Fliegender Holländer«-Thema mir nicht mehr aus dem Kopf, weißt du?

Larry legt sein Buch weg. Carol sitzt jetzt auf ihrem Bett.

Larry: Erinnere mich morgen dran, daß ich alle Wagner-Platten in der Stadt aufkaufe ... Und mir eine Kettensäge leihe. (stöhnt)

Carol: (stöhnt)

Larry hat das Licht ausgeschaltet. Das Bild ist jetzt völlig dunkel.

Larry: Ach!

Carol: Helen Dubin paßt gar nicht zu Ted.

Larry: Na, ja ...

Carol: Sie ist zu sehr »Mäuschen«.

Larry: Na, er ist doch auch ein bißchen ein Mäuschen. Sie werden sich nagetierisch verstehen. Sie können zusammen Käse essen ...

Carol: (lacht)

Das Telefon klingelt.

Larry: Ach Gott!

Larry greift stöhnend und ärgerlich nach dem Licht und dem Telefon.

Larry: Hallo? ... Ja! (ziemlich sauer) Ja, na ... Ja, natürlich hast du uns geweckt. Weißt du, nicht jeder ist ja um ein Uhr morgens wach und guckt sich den Pornokanal an.

Carol (geflüstert): Wer ist das?

Larry: Ich geb sie dir.

Carol: Wer ist das?

Larry: Ted.

Carol: Oh!

Larry: Für dich.

Carol: Oh!

Larry: (stöhnt)

Carol: Ted, hallo!

Innen. Nacht. Teds Wohnung.

Ted im Bademantel. Er steht am Tresen seiner Küche.

Ted: Ich weiß jetzt, wie er sie umgebracht hat, so daß es wie ein Herzinfarkt aussieht. Er hat sie geknebelt und an das Laufband gefesselt, und dann hat er das Trainingsprogramm auf olympisches Niveau gestellt.

Innen. Nacht. Carols und Larrys Wohnung.

Carol: (lacht fröhlich) Nein, nein ... Weißt du, ich meine, ich halt ihn einfach für zu aufgekratzt, weißt du. Ich meine ... (schnell nach Worten suchend) Ja, er ... er ... er verhält sich nicht wie ein Mann, dessen Liebstes seit 28 Jahren gerade ein paar Tage tot ist.

Larry (unruhig und verärgert): Herrgott, das habt ihr am Wickel! Mein Gott! Ich dachte, ihr albert nur etwas.

Carol (zu Ted): Ja ... Ich weiß.

Larry (unterbricht): Gib ihn mir jetzt mal, ja?

Carol: Was ...? Oh! Hier, Sekunde, Larry will ...

Larry: Also, hör zu, sie wurde nicht ermordet. Sie ... sie hatte einen Herzanfall. Es war ein Infarkt, und ein Arzt war da.

Carol: (reagiert ungeduldig seufzend)

Larry: Er sagte, es war ein alter Mann ...

Innen. Nacht. Teds Wohnung.

Ted trinkt aus einem Kaffeebecher.

Ted: Woher weißt du, daß er wirklich Arzt war?

Innen. Nacht. Carols und Larrys Wohnung.

Larry: Darauf kann ich nicht eingehen. Ich bin müde, ich möchte jetzt schlafen. Bitte ...

Carol (unruhig, verärgert reagierend): So was ... Also ...

Innen. Nacht. Teds Wohnung.

Ted: Warte, warte, warte mal. Gib mir Carol noch mal. Ich, ähm, ich hab wegen was anderem angerufen. (zu Carol) Hör mal, ich kenne ein ideales Objekt für ein Restaurant.

Außen. Tag. Ein alter Innenhof.

Durch einen langen Flur blickt die Kamera vom Innenhof hinaus auf die Straße. Carol und Ted kommen dann durch den Flur in den romantischen, aber auch sehr heruntergekommenen Innenhof des Hauses.

Carol (off): Oh!

Ted: Na? Sieh's dir an.

Carol (unsicher, erstaunt lachend): Na ja, es ist sehr dunkel.

Ted: Ist das nicht großartig? Sind die Mauern nicht toll? Wie eine Höhle. So als wenn man durch eine kleine Grotte gehen muß.

Carol: Ja, richtig.

Ted: Und dann kommt man raus. Hierher!

Carol: Oh, wie das hier aussieht.

Ted: Ja.

Carol: Es ist wirklich ganz zauberhaft.

Ted: Toll, nicht?

Carol: Aber es liegt für ein Restaurant etwas weit vom Schuß, nicht?

Ted: Nein, nein, das ist ja das Besondere!

Carol: Es ist irgendwie . . .

Ted: Das ist das Besondere.

Carol: Aha!

Die Kamera wandert über die alten Fassaden der Häuser und trifft dann wieder auf Carol und Ted.

Ted: Weil es, na ja, es ist so romantisch, wie es hier hinten so versteckt liegt.

Carol: Ja...

Ted: Du willst ja keine Laufkundschaft. Du willst...

Carol: Nein.

Ted: Du willst ein kleines, abseits gelegenes Lokal, von dem man spricht und wo Verliebte hingehen.

Carol (nachdenklich): Ja.

Ted: Man muß monatelang im voraus reservieren. Ganz wenig Tische.

Carol: Na, du hast dir ja viele Gedanken gemacht.

Ted: Oh, ja, ich bin hier immer mit, mit Julie hingegangen, als wir noch verheiratet waren.

Carol: Aha... Ja.

Ted: Wir sind hier spazierengegangen. Wirklich schön hier am Abend. Phantastisch ist es abends.

Carol: Bestimmt sehr schön, ja.

Ted: Und ich hab mich immer gefragt: »Was mach ich hier mit Julie? Wir lieben uns gar nicht mehr.« Verstehst du?

Carol: Ach...

Ted: Das machte den Augenblick um so ergreifender.

Innen. Abend. Wohnung von Paul House.

Paul öffnet die Wohnungstür. Carol und Larry stehen davor. Carol trägt eine Glasform mit dem Dessert »Iles flottantes«.

Paul: Hallo, guten Tag.

Carol: Hallo. Guten Tag.

Paul: Oh, ja!

Carol: Das sind ... meine »Iles flottantes«. Hoffentlich mögen Sie Baisers.

Paul: Ich bin verrückt danach. Kommen Sie rein, kommen Sie rein.

Carol: Na ja, ist gut.

Paul: Das ist ja unglaublich.

Carol: Ach, es ist nur ...

Paul: Haben Sie die gemacht?

Carol: Allerdings. (lacht)

Paul: (lacht)

Carol: Ich hab's Ihnen ja gesagt. Also, das ist ... das hier ist Vanillesoße, und darin sind kleine Schokoladentrüffeln. Mögen Sie Scho...

Paul: Bitte, treten Sie ein ... Leisten Sie mir Gesellschaft?

Paul fordert die beiden auf zu bleiben. Larry und Carol versuchen zu widersprechen.

Carol: Oh, na ja ...

Larry: Ach, nein. Sie hat sie nur für Sie gemacht. Das ... es sind ja auch nur sechs.

Paul: Nein, nein, nein, die sind zuviel für einen ... Ich werde Kaffee kochen. Bitte!

Carol: Nein, nein, nein, ich mach den Kaffee. Das ist besser.

Paul: Bitte, Sie haben schon so viel gemacht.

Carol: Lassen Sie mich das machen. ... Nein, nein. Ich tue es. Also setzen Sie sich. Ruhig und gemütlich.

Paul: Sie sind so nett.

Carol: Sie haben genug durchgemacht.

Carol geht mit dem Dessert in die Küche, Larry und Paul gehen ins Wohnzimmer.

Paul: Danke.

Larry: Sie hat lange dafür...

Paul: (lacht freundlich)

Carol setzt die Glasform in der Küche ab.

Larry (off): Und... wie werden Sie damit fertig?

Paul (off): Na ja, ich weiß nicht, ich hab mir gedacht, nach einer Weile...

Kameraschwenk: die Männer kommen wieder ins Bild. Sie stehen im Wohnzimmer.

Paul: ... müßte ich mal raus hier... aus der Wohnung, weg von den Erinnerungen.

Larry: Aha. Und haben Sie jemand, der Sie begleitet, oder sind Sie...

Paul: Ich habe einen Bruder in Florida.

Larry: Ach, ja?

Paul: Hoffentlich kann er sich etwas freimachen.

Larry: Gut, das ist eine gute Idee.

Paul: Schnorcheln Sie gern?

Larry: Schnorcheln? Nein, nein. Ich werde nervös, wenn mir grellbunte Fische direkt ins Gesicht starren.

Paul: Ach, ich wollte Ihnen ja noch ein paar Briefmarken zeigen.

Die Kamera schwenkt zurück auf Carol in der Küche. Sie sucht den Kaffee und findet dann zu ihrer großen Überraschung eine Urne.

Larry (off – interessiert tuend): Oh, Briefmarken...! Also... das ist ja...

Paul: Kommen Sie, sehen Sie mal... Das, das hier sind die neuen Elvis-Marken. Wissen Sie noch, es gab doch eine Meinungsumfrage.

Larry: Ach, ja, ja.
Carol: Mhm!? Okay, Kaffee ... ist der hier unten?!
Paul (off – sehr leise): Um zu entscheiden, ob es ein Bild des älteren Elvis werden sollte oder des jüngeren?
Larry (off – nicht sonderlich interessiert): Ja, Elvis Presley, ja.
Paul (off): Das hier ist ein Satz aus islamischen Ländern ...
Larry (off): Aha. Aha.
Paul (off): Und hier hab' ich noch eine Luftpost.
Carol: (seufzt intensiv)
Paul (off – leise): Die ist sehr ... Sehen Sie sich mal diese Farben an.
Larry (off): O ja, die sind sehr schön, wirklich.
Paul (off): Dieses Blau hier, sehen Sie mal.
Larry (off): Und die sind ... sind die ... sind die selten?
Paul (off): Nein, nein, die sind nur gerade frisch rausgekommen. Eine neue Serie, gerade rausgekommen.
Larry (off): Oh, ich verstehe, ja, ja. Also werden sie's noch. Sie werden mal wertvoll werden.
Paul (off): Ja, das glaube ich. Das werden sie. Ganz sicher. Besonders wenn es postfrische Erstausgaben sind. Es kommt darauf an, sie postfrisch zu erhalten, denn ansonsten hat das wenig Sinn, dann verlieren sie an Wert.
Larry: Ja, genau, genau, genau. Aha. Ja, das ist faszinierend.
Paul: Sehen Sie mal die Farben.
Larry: Was?
Paul: Sehr interessant.

Larry: Die sind sehr hübsch, ja. Ja, das sehe ich, ja.
Paul: Die kommen alle aus afrikanischen Ländern.
Larry: Ach, wirklich?
Paul: Aus dem Tschad.
Larry: Ja, Marokko.
Paul: Kenia, interessant, nicht?
Larry: Hmhm, hmhm.

Carol blickt sich beunruhigt und verwirrt in der Küche um. Schnitt.

Innen. Abend. Wohnung von Paul House.

Carol, Larry und Paul sitzen jetzt bei Kaffee und Dessert um den Couchtisch. Paul ißt das Dessert.

Paul: Das ist wirklich köstlich.
Carol: Danke.
Paul: Sie sind eine Künstlerin.
Carol: Oh, haben Sie vielen Dank.
Paul: (schmunzelt)

Carol trinkt Kaffee.

Carol: Mhm?! Äh, war... war es ein großes, äh, Begräbnis?
Paul: Oh, nein.
Carol: Aha.
Paul: Es waren nur ein paar Freunde da, keine Familienangehörigen.
Carol: Ja... Nur im kleinen Kreis, hä?
Paul: Mhm.
Carol: Na ja, das ist auch am besten, nicht?
Paul (off): Ja.
Carol: Denke ich. Sie betten einen ja auch zur Ruhe,

und, wissen Sie, ich hab gerade... wo, äh... wo ist diese Doppelgrabstätte, weil wir... wir halten das... das auch für eine so romantische Idee, nicht wahr, Larry...? Du weißt doch... (zu Larry) wir ha... Du weißt doch, wir haben über das Doppelgrab gesprochen, und, na ja, wie... wie romantisch das ist. (nachbohrend, etwas zickig) Weißt du noch?

Larry (leise): Nein, äh... (erheblich lauter) ja, ja! Haben wir, haben wir... also die Ewigkeit mit dem Geliebten verbringen, und... jetzt klinge ich... jetzt klinge ich schon wie einer von diesen Typen.

Carol: Mhm.

Paul (lachend): Ja!

Larry: Wer sagte das noch...

Die Kamera schwenkt auf Paul.

Carol (off): Ja, aber ich hab mich nur gefragt, wo, ähm... wo ist der Friedhof?

Paul: Ach, der ist... in, äh, äh, der ist in Nyack. Wir sind gelegentlich im Sommer dort gewesen.

Paul wischt sich den Mund ab.

Innen. Abend. Carols und Larrys Wohnung.

Die beiden kommen zur Wohnungstür herein.

Larry: Was sollte eigentlich dieses ganze Zeug über Doppelgrabstätten?

Carol: Hör mal, Larry...

Larry: Wir... wir haben nie darüber geredet, aber ich wußte schon, daß du mir was sagen wolltest. Deshalb hab ich es schnell aufgegriffen.

Carol: Hör zu... Okay, hörst du... ich war in der

Küche, klar? Und ich wollte den Kaffee kochen ... Ich habe keinen gefunden ...

Larry: Aber ich weiß doch, wir ...

Carol: Also hab ich in seine Schränke geguckt, um nachzusehen ... Und dann stoße ich doch da auf diese Urne ... Klar? Und ich hab sie aufgemacht, und es war Asche drin.

Larry: Asche? Leichenasche? Hast du dir die Hände gewaschen?

Beide laufen erregt durch die Wohnung.

Carol (empört): Larry, er hat sie einäschern lassen!

Larry: Woher weißt du, daß sie es war, Herrgott noch mal? Es ist, äh ... es war Asche. Und hat sie Mrs. House ähnlich gesehen?

Carol (off): Ja, hör mal ... weil ... (ziemlich laut und etwas »angestochen«) Ach! Und wer sollte es sonst sein, häm?

Larry: Irgendwer, vielleicht ein Geschäftspartner, ein alter Verwandter, sein Steuerberater, seine Katze. Wer weiß?!

Carol (off – gleichzeitig, ins Wort fallend): Aha! ... Oh ...! Oh! Genau, genau! Versteckt, hm? Gut versteckt?!

Die Kamera schwenkt jetzt von Larry im Wohnzimmer auf Carol, die durch die Küche geht.

Larry (off): Was meinst du damit? Was? ... Der Mann hat nichts getan.

Carol: Hör zu ... Larry, ich weiß nur, daß er gelogen hat, ja? Er hat gelogen.

Carol nimmt den Telefonhörer in der Küche in die Hand und wählt schnell.

Larry (off): Ach, hör doch, aber viellei ... vielleicht ist es ihm peinlich. Vielleicht wollte er nicht die Ewigkeit neben der Geliebten verbringen. Also hat er uns erzählt, daß, äh ... na ja, was spielt das für eine Rolle? ... Wen rufst du an?

Carol: (ruft recht laut) Ted!

Die Kamera schwenkt zurück auf Larry.

Larry: Ach, Herrgott! ... Laß den Mann in Ruhe. Also er... er... er ist ein armer Witwer. Er möchte eine Urlaubsreise machen oder so was.

Carol (off – mißtrauisch): Ja? Wohin? Ach, ich weiß wohin. (lacht ironisch) Schnorcheln, nicht? (lacht nochmals ironisch)

Larry geht zu Carol in die Küche.

Larry: Na, und? Jedem das Seine. Also wenn es ihm Spaß macht, auf dem Meeresgrund zu sitzen, Auge in Auge mit einem Tintenfisch.

Carol: Oh, ich weiß.

Carol hat noch immer den Hörer in der Hand. Bisher hat sich niemand gemeldet.

Carol: Ich weiß. Was hältst du davon? Was ist, wenn sie eine dicke Versicherung hatten, oder so was Ähnliches?

Larry: Zu viel »Double Indemnity«, weißt du?

Carol: Aha.

Ted hat sich am Telefon gemeldet.

Carol: Hi! ... Ja ... Hi, ich bin's ... Hör zu, wir waren gerade in der Wohnung unseres Nachbarn, weißt du? ... Ja ... Paß mal auf. Ich hab da eine Urne gefunden. Mit Asche drin ... Er sagt nur ... er hätte seine Frau beerdigen lassen.

Innen. Abend. Teds Wohnung.

Ted sitzt mit einer Bierflasche in der Hand und einer Zeitung auf seiner Couch.

Ted: Das macht man, wenn man keine Autopsie will... Wenn man nicht will, daß was entdeckt wird. So was wie... wie Gift.

Innen. Abend. Carols und Larrys Wohnung.

Carol (mißtrauisch): Mhm?! Genau... Gift würden sie entdecken, oder?

Innen. Abend. Teds Wohnung.

Ted: Äh, keine Ahnung, es gibt 'nen Haufen verschiedene exotische Gifte, weißt du?

Innen. Abend. Carols und Larrys Wohnung.

Carol (zu Ted): Ja, aber wieso hat er... wieso sollte er lügen? Ich meine, warum lügt er überhaupt?

Larry kommt wieder in die Küche.

Larry: Herrgott, jetzt seid ihr schon bei Giften. Das wird ja jetzt schon zur völligen Besessenheit bei euch.

Carol (zu Ted): Ja. Oh, machst du das? Das... das wär toll. Weil... ich kann so was nicht so gut, klar?

Larry räumt verschiedene Dinge auf.

Carol (zu Ted): Ja, gut. Okay. Gut, dann reden wir drüber. Okay. Mach's gut.

Carol legt auf.

Larry (ungeduldig): Gehen wir ins Bett? Können wir jetzt ins Bett gehen?

Carol: Hä...? Ach, ich bin nicht müde.

Larry: Was soll das heißen, du bist nicht müde?

Carol: Also, Ted erkundigt sich morgen beim Beerdigungsinstitut.

Larry (säuerlich): Toll.

Carol: Weißt du, was ich meine...? Also ich versteh nicht, warum du, du nicht interessierter daran bist. Denn möglicherweise wohnen wir hier neben einem Mörder.

Larry: Na ja, New York ist eben ein Schmelztiegel.

Carol (ironisch): Aha!

Larry: Gewöhn dich doch daran.

Innen. Nacht. Carols und Larrys Schlafzimmer.

Carol und Larry liegen im Bett. Sie wühlt sich unruhig hin und her. Dann reagiert sie auf ein Geräusch von draußen und schleicht sich zum Spion an der Wohnungstür. Sie blickt in den Flur und entdeckt dort etwas.

Carol (staunend, entsetzt): Oh, mein Gott!

Larry ist ebenfalls aufgestanden und kommt zu ihr.

Larry: He, ist irgendwas?

Carol: Larry...

Larry: (stöhnt müde und verärgert)

Carol: Larry, ich hab ein Geräusch gehört. Ich... ich... ich hab ein Geräusch im Flur gehört, da hab ich... ich... ich... ich hab' nachgesehen, und ich glaube, Mr. House ist in den Fahrstuhl gestiegen.

Larry: (stöhnt mehrfach)

Larry geht auf Carol zu. Beide stehen jetzt an der Wohnungstür.

Larry: Ach, ja? Bist du dir auch sicher?

Carol: Weißt du, ich hab... Ja, ich bin... ich bin mir fast sicher, daß er es war.

Larry: (stöhnt abwesend und verschlafen) Ja? Na, und?

Carol: Nur, du... ich meine, wer soll es sonst gewesen sein?

Larry: Na, und? Das ist kein Verbrechen. Er darf in den Fahrstuhl steigen.

Carol: Ich... ich weiß. Aber wer tut denn so was um halb zwei morgens?

Larry: Ach, herrje, ich war im Tiefschlaf. Wen... wen juckt das?

Carol: Aber du weißt doch, daß wir uns immer beklagen, daß wir auf der Geriatrie-Etage wohnen. Denk mal an unseren Spruch.

Larry: Also gut, dann war's eben Mr. House, und dann ist er in den Fahrstuhl gestiegen. Das ist kein Schwerverbrechen. Der Mann bezahlt Miete, er darf das... Ach, ähm, was...

Carol: Na, ich möchte nur... (sehr leise) Ja, ja, ist ja gut.

Larry: Gehst du jetzt bitte wieder ins Bett?! Das ist doch Unsinn. Du holst mich aus dem Tiefschlaf. Ich muß morgen früh aufstehen.

Carol: Ich weiß, was ich tun werde.

Larry: (seufzt ärgerlich)

Carol geht schnell in die Küche.

Carol: Ich werd ihn anrufen. Ich ruf in seiner Wohnung an. Ich werd sehen, ob er zu Hause ist.

Larry (off – entsetzt): Du willst *jetzt* Mr. House anrufen?

Carol sucht in ihrem Telefonverzeichnis die Nummer von Paul House.

Carol: Ja, denn das ist die einzige ...

Larry: Was redest du denn da?

Carol: Es ist sehr verdäch...

Larry: Ruf nicht Mr. ...

Carol: Laß mich nur ... Larry, nicht, warte!

Larry: Was machst du da? Nein, ruf nicht ... Ruf nicht Mr. House an. Er ist doch Witwer. Laß den armen Kerl in Ruhe. Du bist verrückt ... Hör auf!

Carol: Scht ... Schschsch ... Schsch.

Carol hat gewählt und wartet, daß sich Mr. House meldet.

Carol: Einmal geklingelt.

Larry: Dann hast du ihn ausgehen sehen. Das ist kei... kein Verbrechen.

Carol: Das *zweite* Mal. (lächelt) Er ist also nicht da.

Larry will ihr weiterhin den Hörer wegnehmen.

Larry: Gib den her, gib den her ...

Carol: Was soll denn das?

Larry: Also, wenn du wissen willst, ob jemand gegangen ist, ruf doch einfach unten an.

Carol: Was soll das? Schsch.

Larry: Ruf den ... den ... den Menschen an der Tür an.

Carol: Also gut, ich ruf an ... Laß es weiterklingeln.

Larry: Frag, ob jemand rausgegangen ist.

Carol: Sch, laß klingeln.

Larry legt schnell den Hörer auf.

Larry: Ja, ähm, ich lass' es weiterklingeln. Natürlich.

Carol geht schnell an den Hausapparat.

Carol: Ach, Mann!

Larry: Das ist ja Wahnsinn! Was ist in dich gefahren?

Carol: Ich weiß nicht. Was tut er? Wo ist dieser Kerl, um halb zwei morgens? Verstehst du, was ich meine?

Larry (ziemlich sauer und erregt): Weißt du, was?... Es geht uns nichts an. Er kann hingehen, wo er will.

Am Haustelefon meldet sich jemand.

Carol: Hallo...? Ja, hallo.

Larry: (stöhnt)

Carol: Hier ist Mrs. Lipton... Ja... Hat gerade jemand das Gebäude verlassen? Ich wollte nur... hm.

Die Kamera schwenkt auf den verärgerten Larry.

Carol (off): Das wissen Sie genau? Ganz bestimmt keiner?... Nein. Okay... Ist gut. Ja-ha. Danke.

Larry: (seufzt) Okay! Und bist du zufrieden?

Larry geht wütend auf Carol zu.

Carol: Ich glaube das nicht. Mann, ich kapier das nicht.

Larry: Können wir jetzt wieder ins Bett?

Carol (enttäuscht): Nein.

Larry: Zum Kuckuck noch mal, was ist denn? Du machst aus einem Nichts ein großes Geheimnis.

Carol: Laß mich mal einen Augenblick darüber nachdenken. Okay, ich hab's. Warte... ich weiß es. Nein, warte. Hör mir zu... Larry... hör zu. Er stieg in den Fahrstuhl.

Larry: Also ich werde, ähm..., ich werde schlafen gehen. Ich möchte hier nicht mitten in der Nacht rumstehen.

Carol: Okay, nein, warte. Nein, hör doch zu. Nein ... Ich weiß, ähm ... Larry, er stieg in den Fahrstuhl ... und er fuhr dann damit in den Keller!

Larry (lachend): Oh, toll, toll! Na und? Und was hast du jetzt auf der Hand?

Carol: Er hat ein Auto, nicht? Er hat einen Garagentorschlüssel ... Er hat es geöffnet, er ... er ... Warum sagst du das, na, und? Er ist ...

Larry: Na, und? Na, und? Was soll's!? Was soll das Theater? Unser direkter Nachbar verläßt mitten in der Nacht mit dem Wagen das Haus. Er fährt irgendwo hin ... Das ist alles!

Carol: Also gut, dann hab ich ja doch recht. Ich meine, ich habe recht.

Larry: Na, dann hast du also recht. Na, und?

Carol: Ja, er ist nicht in seiner Wohnung.

Larry: Aber mit diesem Rechthaben stecken wir unseren Hals in die Schlinge. Dann hast du eben recht. Du bist mißtrauisch.

Carol: Ja, das stimmt.

Larry: Das sagt mehr über deine Denkweise als über ihn.

Carol: Was ist mit deiner Sturheit? Wie ist es damit? Vielleicht geht's ja darum.

Larry: Geh jetzt ins Bett ... Geh ins Bett.

Larry versucht Carol in Richtung Schlafzimmer zu drängen.

Larry: Du bist so ... Was ist los mit dir?

Carol: Ich glaube, darum geht es, darum geht es.

Larry: Oh, Gott!

Außen. Tag. Straße vor Carols und Larrys Haus.

Carol kommt über den Fußgängerübergang. Sie sieht Paul House aus dem Haus kommen. Sie geht ins Haus.

Carol (zum Portier): Hi!

Innen. Tag. Kellertreppe.

Carol kommt die Treppe herunter, geht zur Werkstatt des Hausmeisters.

Carol (zum Hausmeister): Jack? Jack, könnten Sie vielleicht heute noch hochkommen? Da ist etwas undicht.

Hausmeister: Oh, ja ... Ja, klar.

Carol: In der Küche ... Sie können?

Hausmeister: Klar.

Carol: Gut, aber bitte noch heute nachmittag.

Hausmeister: Aber ich ... ich muß jetzt ... Ich bin in einer Minute wieder da.

Carol: Also, Sie wollen doch jetzt nicht ... in einer Minute.

Hausmeister: Okay, nur eine Sekunde. Ich bin gleich wieder da.

Der Hausmeister geht aus dem Raum.

Carol: Ja, okay ... Ist gut. (sie freut sich lachend)

Carol ist jetzt allein in der Werkstatt.

Carol: Oh, Gott!

Sie guckt zur Sicherheit noch einmal in den Gang, ob der Hausmeister zurückkommt. Dann nimmt sie sich schnell den Zweitschlüssel zur Wohnung von Mr. House. Schnitt.

Innen. Tag. Flur.

Carol sieht sich prüfend um und öffnet die Wohnung von Mr. House.

Innen. Tag. Wohnung von Mr. House.

Carol sucht nach Indizien. Schnitt.

Außen. Tag. Straße vor dem Haus.

Paul House stellt ärgerlich fest, daß er etwas vergessen hat, und geht zum Haus zurück.

Innen. Tag. Wohnung von Mr. House.

Carol sucht weiter. Sie liest die Post.

Außen. Tag. Vor dem Haus.

Mr. House kommt durch die Glastür ins Haus.

Innen. Tag. Wohnung von Mr. House.

Carol sucht im Schreibtisch.

Innen. Tag. Flur.

Paul House steigt in den Fahrstuhl.

Innen. Tag. Wohnung von Mr. House.

Carol nimmt den Telefonhörer ab und wählt.

Innen. Tag. Teds Wohnung.

Ted sitzt an seiner Schreibmaschine. Das Telefon klingelt.

Ted: Hallo?

Innen. Tag. Wohnung von Mr. House.

Carol: Ted, ... ich bin in seiner Wohnung.

Innen. Tag. Fahrstuhl.

Mr. House fährt nach oben.

Innen. Tag. Wohnung von Mr. House.

Carol: Die Urne ist nicht mehr da ... Sie ist weg ... Ja, ich denke, daß sie möglicherweise ... Er hatte gestern nacht so eine Tasche ... Er trug die bei sich, und ich glaube, sie könnte in der Tasche gewesen sein.

Innen. Tag. Teds Wohnung.

Ted: Paß auf, ich würde an deiner Stelle da sofort verschwinden ... Nein, nein, nein, geh, geh, geh, wir ... Wir reden weiter, wenn du wieder zu Hause bist.

Innen. Tag. Wohnung von Mr. House.

Carol: Er fährt gar nicht schnorcheln mit seinem Bruder. ... Er hat zwei Tickets nach Paris. Und er hat auch schon reserviert. Im Hotel »George V.«. Und zwar mit einer gewissen Helen Moss.

Innen. Tag. Flur.

Älterer Mieter: Oh, hallo, wie geht's?
Paul kommt aus dem Fahrstuhl.
Paul: Guten Morgen. Und selbst?
Älterer Mieter: Gut. Haben Sie das Schreiben bekommen wegen der Erhöhung der Betriebskosten?
Paul: Nein. Wann haben Sie es bekommen?

Innen. Tag. Wohnung von Mr. House.

Carol (telefoniert weiterhin): Ich seh mich hier um, was ich sonst noch entdecken kann. Okay ...? Ja. Ich kann dir sagen, das ist einfach ... Ted, mir ist ganz schwindlig vor Freiheit! Das ist ... das ist das Verrückteste, was ich je angestellt habe.

Innen. Tag. Teds Wohnung.

Ted: Ja, es ist verrückt. Aber bald sind wir zu alt für so verrückte Sachen. Geh, los, weg, los, weg, los, weg!

Innen. Tag. Wohnung von Mr. House.

Carol legt den Hörer auf.

Carol: (lächelt etwas)

Das Bild ist kurz völlig dunkel. Man hört den Schlüssel im Schloß. Paul betritt die Wohnung. Paul sucht Papiere auf dem Schreibtisch. Carol versteckt sich im Nebenraum, dann in der Küche. Paul sucht an anderen Stellen und findet nichts. Erst im Kleiderschrank. Das Telefon klingelt. Er geht an den Apparat.

Paul: Hallo.

Carol hat sich inzwischen unter dem Bett versteckt. Sie hört Pauls Gespräch mit.

Paul (telefoniert): Oh, hi. Ja... Ja, ich weiß, ich... ich... Ja, du fehlst mir auch. Hab' ich doch. Ich hab alles arrangiert. Ja, hör doch... okay, ich muß jetzt los. Aber ich seh dich nachher, gut. Ja, gut.

Paul entschließt sich zu gehen. Dann bleibt er aber stehen und geht nochmals ans Telefon. Carol liegt immer noch unter dem Bett. Paul wählt.

Paul (off): Anschluß 5... Dann lassen Sie's weiterklingeln. Ja?... Ich hatte gerade mit ihr gesprochen. ... Was?... (seufzt) Ist gut. Äh, bitte, sagen Sie ihr, äh, ja, daß Tom angerufen hat... Tom!... Danke.

Paul legt den Hörer auf. Er geht in Richtung Wohnungstür. Carol wartet unter dem Bett.

Außen. Tag. Das Verlagsgebäude.

Innen. Tag. Büroräume des Verlages.

Larry geht mit der Autorin Marcia Fox an verschiedenen Arbeitsplätzen vorbei und dann in sein Büro.

Larry: Also, Ihre Überarbeitung ist sehr gut. Ich glaube wirklich, sie hat Ihrem Buch geholfen. Es ist doch etwas zu »dicht«, und, äh …

Marcia: Aber ich möchte nicht, daß es zu transparent wird. Ich meine …

Larry: Darüber machen Sie sich mal gar keine Gedanken … Dagegen ist »Finnegan's Wake« reine Flugzeuglektüre … Ja, aber … aber es ist lang. Es ist …

Marcia: Also, Sie sind der einzige Lektor auf der Welt, von dem ich Vorschläge annehme, aber Sie sollten es nicht übertreiben.

Larry: Nein, so ist es nicht. Ich finde das Buch großartig, absolut großartig. Nun ja, aber, äh … wieviel, wieviel von Dorothy sind Sie selbst? Als ich es las, dachte ich ständig, wieviel ist …, na ja, wieviel basiert auf Ihrem eigenen Leben?

Marcia setzt sich auf eine Couch, Larry steht ihr gegenüber.

Marcia: Na ja, ich war Kellnerin …

Larry (off): Aha.

Marcia: Ähm, ich hab mit einem Dichter gelebt … ich war Filmkritikerin …

Larry: Hm, gut. Aber nicht Croupier beim Blackjack, oder?

Marcia: Nein, aber das College hab ich mit Pokern finanziert.

Larry: Ach, ja? Spielen Sie noch?

Die Kamera schwenkt auf Larry, der Papiere auf seinem Schreibtisch ordnet.

Marcia: Nein, aber ich kann es noch.

Larry: Ja? ... Sind Sie gut?

Marcia (off – selbstbewußt, kühl): Ja.

Larry: Ja? Dann können Sie mir vielleicht ein paar Tips geben.

Marcia (off): In zwei Stunden mache ich aus Ihrem Spiel etwas völlig Neues.

Larry: Ehrlich? Das ist toll. Das ist ... also, Sie ... Sie haben all diese Fähigkeiten ... und Sie sind schön, und Sie können so gut schreiben. Und nun können Sie auch noch Poker spielen. Das ist, äh, einfach unglaublich.

Die Kamera schwenkt auf Marcia.

Marcia: Na, schön würde ich nicht sagen.

Larry (off): Oh, ich schon.

Marcia: Aber ich habe einen enormen Sex-Appeal.

Larry: (lächelt unsicher)

Die Kamera schwenkt zurück auf Larry.

Larry (abwägend, leicht lächelnd): Okay, Sie haben mich überzeugt. (lächelt) Sind ... sind Sie mit jemandem zusammen?

Marcia (off): Nein. Lassen Sie sich von meinem Selbstvertrauen nicht täuschen. Das ist eine Fassade ... Warum fragen Sie?

Larry: (atmet tief ein und aus) Ich hab da einen Freund, der vor kurzem Single geworden ist, und ich, ich weiß, den würden Sie umhauen.

Marcia (abwägend): Oh, und wann möchten Sie Ihre Pokerstunde?

Larry: Äh, nächste Woche ... Wir könnten dann essen

gehen. Wir könnt... Wir könnten, äh... Ich schreib Sie auf meine Spesenrechnung, und Sie könnt... könnten mir beibringen, wann man mitgeht und wann man paßt.

Marcia (off): Wie wär's denn jetzt gleich mit einem Cheeseburger?

Larry: Jetzt?

Das Telefon klingelt. Larry nimmt ab.

Larry: Das wär 'ne Möglichkeit. Wissen Sie, wir könnt... wir könnten dann... Hallo? Ja?!

Die Kamera schwenkt auf Marcia.

Larry (off): Hm... Wo bist du? ... Ist alles in Ordnung? – Wirklich?

Die Kamera geht wieder auf Larry.

Larry: Doch, ich könnte, klar..., ich könnte. Ja. ... Ich brauche, ich brauche... na ja, fünf Minuten ungefähr. Okay. Ja, ja, ich weiß, wo das ist... Gut, bis gleich.

Larry legt auf und wendet sich an Marcia.

Larry: Ich kann doch nicht, ich muß... meine Frau..., ich muß eine Kleinigkeit erledigen. Ich esse den Cheeseburger mit Ihnen nächste Woche oder so.

Die Kamera schwenkt auf Marcia. Sie lacht und zieht an ihrer Zigarette.

Marcia: So spielt sich mein ganzes Leben ab.

Außen. Tag. Im Park.

Larry und Carol haben sich an einem Brunnen getroffen.

Larry (sehr erregt): Was soll das heißen, du bist in seine Wohnung geschlichen? Spinnst du völlig?

Carol: Ach, sei doch nicht so verknöchert.

Carol und Larry gehen jetzt langsam um den Brunnen herum. Die Kamera folgt ihnen langsam schwenkend.

Larry: Verknöchert?

Carol: Ja.

Larry: Was redest du denn da? Das ist ein Verbrechen, das darfst du nicht. Du... das... das ist Einbruch, Einbruchdiebstahl ist das. Und... was ist in letzter Zeit in dich gefahren?

Carol: Ach, jetzt hör doch...

Larry: Das darf doch nicht wahr sein. Spar dir noch ein paar Verrücktheiten für die Wechseljahre auf.

Carol: Es war kinderleicht.

Larry: (seufzt ärgerlich)

Carol: Ich hab den Schlüssel genommen und bin einfach reingegangen.

Larry: He, paß auf! Ich möchte nicht... Du... du endest noch in einer Zelle mit John Gotti. Das darfst du nicht. Du darfst nicht einfach einen Schlüssel klauen und in irgendeine Wohnung eindringen.

Carol: Hör mal! Er fährt nicht mit seinem Bruder zum Schnorcheln... Ist das klar?

Larry: Ich will das nicht wissen! Ich will nicht dein Komplize werden.

Carol: Klar? Er fliegt nach Paris in ein Luxushotel mit einer Frau, die Helen Moss heißt.

Larry: Erzähl es Ted. Ich will es nicht wissen. Laß mich in Ruhe.

Carol: Ich hab es Ted schon erzählt.

Larry (sehr erregt): Du hast es Ted zuerst erzählt?

Carol: Ja, weil er... er in solchen Dingen viel aufgeschlossener ist.

Larry: Ja, ich weiß. Ich ... ich bin, ich bin, ich bin ein Langweiler, weil ich, weil ich nicht das Gesetz breche, nicht wahr?
Carol: Ja.
Larry: Ich lebe im Rahmen der Verfassung.
Carol: Hör mal! Und er hat die Urne beiseite geschafft, klar?
Larry: Ich ... ich will es nicht hören. Laß mich in Ruhe! Erzähl mir nichts.
Carol: Er hat mit einer Frau telefoniert.
Larry: Woher weißt du das?
Carol: Weil er ... na ja, er kam zurück, als ich noch da war. Also ...
Larry (sehr entsetzt): Wirklich?
Carol: Ja, aber ich hab mich unter dem Bett versteckt.
Larry: Du hast dich unter seinem Bett versteckt?
Carol: Er hat mich nicht gesehen. Er hat mich überhaupt nicht gesehen.
Larry: Ich fasse es nicht! Mein Magen dreht sich völlig um. Ich kann ...
Carol: Er ... er hat mit diesem Flittchen ganz schön rumgeturtelt. Er hat immer so Sachen gesagt wie: Keine Sorge! Es wird schon alles gut. Wir werden zusammen sein. Solche Sachen!
Larry: Aber, was hättest du gemacht, wenn er ... er dich entdeckt hätte?
Carol: Ich weiß, na ja, ich ... ich konnte nicht so weit im voraus denken.
Larry: So weit im voraus? Es geht hier um zwei Sekunden!
Carol: Nein, ich konn ...

Larry: Hätte er unters Bett geguckt, wär's das gewesen. Was hättest du...

Carol: Ja, aber, Larry, hör doch, hör doch... Und dann... hör dir das an... er... hat die Frau noch mal angerufen. Wahrscheinlich die... diese Helen Moss.

Larry: Ich will es nicht wissen. Laß mich in Ruhe.

Carol: Ist das klar? Und als er sie dann anruft, ist sie nicht da. Und er hinterläßt eine Nachricht... Und er sagt: »Sagen Sie ihr, Tom hat angerufen.« Verstehst du, was ich sage? »Tom«! Ist das klar, Larry? »Tom«!

Larry: Ja, ja, ich... ich weiß, ich verstehe es. Sein Name ist Paul, aber das ist mir egal. Ich will es nicht hören.

Carol: Na ja, ich sag's dir doch. Ich finde, ich habe das ganz toll gemacht. Und Ted fand das auch. Kein Privatdetektiv hätte es besser machen können als ich. Ich hab alles wieder dahin gelegt, wo ich's gefunden hab. Und das mit größter Sorgfalt. Und ich hab nur einen Fehler gemacht.

Larry: Welchen?

Carol: Ich hab' meine Lesebrille auf seinem Tisch liegenlassen.

Innen. Tag. Wohnung von Mr. House.

Paul House öffnet die Wohnungstür. Carol und Larry treten schnell ein.

Carol: Oh, hallo, guten Tag. Ich... ich dachte, ich bring Ihnen etwas Mousse au chocolat.

Paul: Ja, äh...

Carol: Ich weiß ja, wie Ihnen das letzte Dessert geschmeckt hat!

Paul: Ja, danke.

Carol: Ich dachte ... ich ... ich laß Sie noch mal etwas ganz Köstliches probieren ... Soll ich die Mousse auftragen? Denn Sie sollten sie essen, solange sie noch richtig frisch ist.

Paul: Möchten Sie jetzt was essen?

Larry: Ja, warum nicht. Wir könnten was essen. Vielleicht holen Sie uns 'n paar Teller, dann können Sie sie aufteilen, und wir kriegen alle was.

Carol: Das wär toll. Eine sehr gute Idee.

Larry: Die wird Ihnen sehr schmecken ... Sie hat lange dran gearbeitet.

Paul: Gut, ich hol uns Teller. Einen Moment.

Paul House geht in die Küche, Carol und Larry eilig ins Wohnzimmer.

Carol: Okay, das wäre sehr schön.

Larry: Ja, sehr schön.

Carol (flüsternd): Komm her. Ich hab sie hier hingelegt. Hier irgendwo dazwischen. Zuerst ... warte, ich sollte ... (in die Küche rufend) Ähm, wie kommen Sie da zurecht? Soll ich ... soll ich Ihnen helfen?

Die Kamera schwenkt auf Paul in der Küche.

Paul: Nein, schon gut, ich komme gleich.

Carol (off): Ähm ... Okay, schön.

Larry hantiert sehr nervös mit verschiedenen Dingen.

Carol (ermahnt Larry flüsternd): Was soll denn das? Du sollst doch nichts sortieren, such nur die Brille! Sei doch nicht so entsetzlich nervös. Das ist ja schrecklich ... Das kann doch nicht wahr sein, die muß hier irgendwo liegen.

Larry (flüsternd): Ich finde diese verfluchte Bril...

Carol: Warte doch.

Larry (rufend, an Paul gerichtet): Alles in Ordnung? Könn... könn... können wir Ihnen zur Hand gehen?

Paul (off): Kaffee oder Tee?

Carol: Tee! Das dau... Ich hätte gern einen Tee!

Paul kommt überraschend ins Wohnzimmer.

Paul: Übrigens hab' ich Ihre Brille gefunden.

Carol (sehr unsicher, ziemlich laut): Meine?

Paul: Das ist doch Ihre, nicht?

Carol: Ja...! Äh, nein, ja.

Larry (gleichzeitig): Äh, nein, nicht...

Carol: Ähm, nein, nein, nein, nein, nein. Das... das... oh, Gott.

Larry (gleichzeitig): Nein, nein, das ist nicht deine. Die sieht aber genauso aus. Stimmt ja. Die... die... die da. Genau.

Carol: Ja, eigentlich ist es meine.

Larry: Stimmt. Ist das ein Zufall! Es ist ihre, ihre...

Carol: Schatz! Es ist meine, ich... Wissen Sie, was passiert ist? Ich denke, ich hab' sie neulich abends hier liegenlassen.

Paul: Ach, ja?

Carol: Das ist sehr seltsam.

Paul: Ist mir nicht aufgefallen.

Carol: Nein, nein, ja, ich weiß. (zu Larry) Weil du doch gesagt hast... du dachtest, ich hätte sie im Haus deiner Mutter vergessen. Genau, natürlich, wie auch immer... ich freue mich so.

Larry (gleichzeitig): Im Haus meiner Mutter vergessen?

Paul: Die Mousse sieht fabelhaft aus.

Carol: Ich liebe Mousse.
Paul: Haben Sie vielen Dank.
Larry (verlegen, leise): Ähm, äh ...
Carol: Ach, freuen Sie sich schon auf das Schnorcheln in der Karibik?
Paul: Und wie. Und wie.
Carol: Aha.
Paul: Komisch. Ihre Brille lag unter meinem Bett.
Carol: Das kommt wohl daher, weil ich sie fallen gelassen hab, und dann ist sie wahrscheinlich da runtergetreten worden ...
Larry (eingreifend): Da runtergetreten, genau. Das macht sie sehr oft. Sie läßt, sie läßt immer alles fallen.
Carol: Sie war einfach ...
Larry: ... und tritt das dann alles irgendwohin ins Haus.
Carol: Sie fall ... (lächelt) jedenfalls hätt' ich jetzt gern etwas Mousse.
Paul: Jetzt die Mousse?
Larry: Sie ... sie tritt immer alles ... ja, ehrlich. (zu Carol) Weißt du noch, als du Mousse unters Bett getreten hast? Weißt du noch, es war ...
Carol (off): Ich weiß es noch.
Larry: Es hat ... hat 'n halbes Jahr gedauert, das wieder raus...

Außen. Tag. Straße.

Das Wohnhaus von Carol und Larry. Ein livrierter Portier steht davor. Carol wartet ungeduldig. Sie sieht dann Teds Wagen vorfahren.

Ted (off): Hallo, entschuldige die Verspätung. Der Verkehr ist mörderisch.

Carol: Ich weiß, aber wo... wohin fahren wir?

Ted bleibt im Wagen sitzen. Carol steigt ein.

Ted: Ich hab'... hab' Helen Moss im Telefonbuch gesucht.

Carol: Und?

Ted: Da stand nur »H. Moss«.

Carol: Aha.

Der Wagen fährt an. Ted redet intensiv auf Carol ein.

Ted (während der Fahrt): Also... es ist in der Bank Street... Die Bank Street, wir werden hingehen und sie überwachen. Ich hab jede Menge zu essen mit. Ist doch toll. Ich hab die... Ich hab diese Nummer angerufen...

Außen. Tag. Vor Helen Moss' Wohnhaus.

Carol und Ted sitzen im Wagen und beobachten den Eingang.

Ted: Das ist ihr Haus.

Carol: Ja! Also... dann sitzen wir jetzt einfach hier und warten, hä?

Ted: Ja.

Carol: Okay. (lacht etwas)

Ted: (lächelt)

Carol: (lacht)

Ted: (grinst) Vielleicht hat er gedacht, wenn... wenn... wenn er sich scheiden läßt, würde sie einen Riesenunterhalt verlangen.

Carol (gleichzeitig): Was?... Ja...

Ted (sehr engagiert und lauter werdend): Vielleicht ... vielleicht hat sie das Familienvermögen kontrolliert. Was hältst du davon?

Carol: Ach, ich weiß nicht. Ja, vielleicht irren wir uns, Ted. Vielleicht sind wir nur ... Vielleicht ist sie eines natürlichen Todes gestorben, wie der Arzt gesagt hat. Und wir sind nur zwei Menschen, mit, na ja ... äußerst blühender Phantasie, deren Leben einen kleinen Schuß Adrenalin braucht.

Ted: Braucht deins das? Also meins braucht es schon.

Carol: Ja?! Was ist das da?

Ted: Möchtest du?

Ted öffnet eine Tüte.

Ted: Jelly Donuts. Möchtest du einen Jelly Donut?

Carol: Oh.

Ted: Hä? Nimm schon. Ja. Na, los, komm jetzt in Stimmung.

Carol: (lacht) Okay.

Ted sieht jemand aus dem Haus treten.

Ted: Oh, mein Gott! Sieh doch, sieh doch, sieh doch!

Die Kamera schwenkt auf ein Paar, das eilig aus dem Haus kommt.

Carol (off): Was? Hä? Was ist?

Ted (off – laut rufend): Helen! ... Helen!

(zu Carol) ... Duck dich, duck dich, duck dich ...

(rufend) Helen!

Carol: Ted, ach, Gott, oh ...

Die Kamera geht zurück auf Carol und Ted. Sie hat sich tief hinuntergebeugt. Er hält sich die Tüte vor das Gesicht.

Ted: Das ist sie nicht.

Carol (kommt hoch): Das ist sie nicht?

Ted: Nein. Sie ist es nicht.

Carol: (lacht kräftig)

Ted: Was ist?

Carol: (lacht) Ach, Gott. (fröhlich, albern) Du hast das wirklich ... gut durchdacht, nicht wahr?

Ted: (lacht) Was ...

Carol: (lacht fröhlich)

Schnitt. Einige Zeit später. Es regnet jetzt stark. Carol seufzt ungeduldig.

Ted: Ich dachte, sie kommt raus und geht zur Arbeit, weißt du?

Carol: Vielleicht arbeitet sie nicht. Vielleicht ist sie wie du und hat die Schriftsteller-Arbeitszeit.

Ted: Ich schreibe ein Stück über etwas, was uns beiden passiert ist.

Carol: Oh, Gott ... Oh, je ... Was?

Ted: Weißt du ... weißt du noch damals ... als du, du und ich und Larry und Julie auf die ... dieser Eßreise in Frankreich waren?

Carol: Ach, Gott. Ja, ja.

Ted: Und sie ... Dann waren sie verschwunden und haben vergessen, uns abzuholen, weißt du noch?

Carol: Ja ... Ach ...

Ted: Wir mußten uns dieses Ferienzimmer teilen.

Carol: Ja. Erinnerst du dich noch an die wunderschönen Häuschen?

Ted: Ja.

Carol: Und ich ... erinnere mich ... (lacht) daß wir uns ein Schlafzimmer geteilt haben, nicht?

Ted: Ja, aber kein Bett.

Carol: Nein, nicht ... Na, ja. Ach, du warst zu gentleman-like, um das vorzuschlagen.

Ted: Nein, nicht so ... gedacht hab ich schon daran.

Carol (nachdenklich einsetzend): Ja... Tja, ich wußte, was in deinem Kopf vorging... So wie du mir den Château Margaux aufgedrängt hast..., weißt du noch?

Ted: Es hätte unser kleines Geheimnis sein können... Doch du bist dann weggesackt.

Carol: Na ja, du... (lacht) Ja, ach, Gott. Das scheint schon sehr lange her zu sein, nicht?

Ted: So lange auch wieder nicht.

Schnitt. Einige Zeit später. Es regnet nicht mehr.

Carol: (summt vor sich hin)

Ted: Guck doch, guck, guck!

Die Kamera hat schnell auf Helens Wohnhaus geschwenkt.

Carol (off): Oh, was, äh...

Ted (off – laut rufend): Helen! (zu Carol) Duck dich, duck dich, duck dich.

Helen Moss ist aus dem Haus gekommen. Sie bleibt irritiert stehen und winkt sich kurz darauf ein Taxi.

Carol (off): Ach Gott, ja, mach ich ja.

Ted (off): Sie hat uns nicht gesehen, nicht gesehen.

Carol (off): Nein?

Ted (off): Nein.

Ted (off): Das muß sie sein. Das muß... ich wette, das ist, ich meine, sie hört ja auf Helen. Auf Helen.

Carol (off): Bist du dir sicher? Sie hört auf... Sie ist hübsch.

Ted (off): Ja, allerdings.

Carol (off): Sie ist... Was macht sie denn? Sie steigt... Sie steigt in ein Taxi.

Ted (off): Sie steigt... Sie steigt in ein Taxi.

Carol (off): Okay, okay, warte.

Ted (off): Bleib, bleib unten, unten, ja.

Carol (off): Okay. Mach' ich ja, mach' ich ja.
Ted (off): Ich fahr' ihr hinterher.
Carol (off): Ja, gut. Sehr gut.

Außen. Tag. Eine Straße unter einer Subway-Strecke.

Helen Moss steigt aus dem Taxi und geht in Pauls altes Kino. Carol und Ted kommen in seinem Wagen kurz darauf an dieselbe Ecke. Die beiden folgen Helen unbemerkt in das Filmtheater.

Innen. Tag. Pauls Kino.

Helen und Paul kommen eine enge Treppe hinunter.
Paul: Paß auf ... es geht steil runter. Vorsichtig.
Helen: Upps! Oh! (lacht etwas) Oh, das ist wunderschön.
Paul: Nicht wahr?
Die beiden blicken in den Zuschauerraum.
Helen: Ja.
Paul: Na ja, wir zeigen jetzt nur noch Retrospektiven.
Helen (off): Aha.
Paul (off): Diese Woche Fred Astaire.
Helen (off): Mhm.
Die Kamera schwenkt langsam durch das Kino.
Paul (off): Nächste Woche haben wir ein Orson-Welles-Festival.
Helen (off): Ach, ja?
Paul (off): Ja, das wird wohl das letzte sein vor der Renovierung.

Die Kamera blickt weiterhin in das Kino. Offensichtlich nähert sich Paul Helen.

Helen (off – erotisch geseufzt): Ach, Paul... Ich, äh...

Paul (off): Ach, komm doch. Hier ist doch keiner.

Helen (off): Ich... ich... (lacht unsicher)

Paul (off): Na, komm.

Helen (off): Okay. (lacht)

Von einer Treppe aus beobachten Carol und Ted den Kinobesitzer Paul House und seine Freundin Helen.

Helen (off): Ich bin noch nie hinter einer Leinwand gewesen.

Paul (off): Ungewöhnlich, nicht wahr?

Helen (off): Ja.

Die Kamera geht wieder auf Helen und Paul.

Paul (off – lachend): Das war mal ein Premierenkino, als es noch eine bessere Gegend war.

Helen: Oh.

Paul: Schön, hä? Sieh dir alles an.

Helen Moss bemerkt jetzt die vielen alten Spiegel.

Helen: Diese ganzen Spiegel. Die sind ja so...

Paul: Na, früher waren überall Spiegel. Und das war sehr schön.

Paul: Ich werde alles zerbrochene Glas bei der Renovierung ersetzen lassen. Früher gab es hier auch Varieté.

Helen (eher uninteressiert): Aha.

Paul: Jetzt zeigen wir eben nur noch alte Filme.

Helen: Irgendwie fühlt man sich hier so einsam.

Paul: Das kommt, weil ich hier auch ganz allein bin. Bis auf meine Assistentin, Mrs. Dalton.

Helen: Mhm.

Paul: Ich lass' das Kino wieder herrichten, und dann verkaufe ich es. Das Geld können wir gut gebrauchen.

Helen: Hm ... Ja, bestimmt.

Man hört ein kleines Geräusch.

Paul: Was ist das für ein Geräusch?

Helen: Wo?

Mrs. Dalton kommt mit einem Gehstock auf die beiden zu.

Mrs. Dalton (überrascht): Oh!

Paul (off): Ach, Mrs. Dalton, ich wußte nicht, daß Sie schon so früh hier sind.

Mrs. Dalton: Ach, äh, ich ... ich wußte nicht, daß jemand hier ist. Verzeihen Sie bitte.

Mrs. Dalton: Ich ... ich ... ich hab das Geräusch gehört, und ich dachte ...

Paul (off): Das ist schon gut.

Mrs. Dalton: Aber, aber, äh ...

Paul (off): Es ist schon gut.

Mrs. Dalton: Verzeihung, bitte.

Paul (off): Ist ja gut.

Mrs. Dalton: Also dann ...

Mrs. Dalton geht wieder.

Helen (off): Ich würde so gern eine Rolle als Schauspielerin bekommen. Ich hab dieses Zeug als Model so satt.

Paul (off): Vielleicht mußt du gar nicht mehr arbeiten.

Innen. Nacht. Carols und Larrys Schlafzimmer.

Zuerst sieht man die große erleuchtete Wanduhr. Es ist 1.02 Uhr. Larry schläft. Carol ist hellwach. Sie hört ein Geräusch und steht schnell auf.

Larry (sehr verschlafen): Was, äh, ... ach, äh ...

Carol (off – angespannt flüsternd): Oh, mein Gott!

Larry geht in den Flur. Carol steht wieder an der Wohnungstür und blickt durch den Spion.

Larry (ziemlich laut): Was ist denn los?

Carol (off): Larry, komm zu mir, ja?

Larry: Oh, je, ich habe ...

Carol (off): Komm schon.

Larry: Ich hab' fest geschlafen. Ich ... ich habe von Nummerngirls geträumt.

Carol (off): Na, gut.

Larry: (atmet und stöhnt verschlafen)

Carol: Es sieht so aus, als wäre er weg ... Ja ... Ja, er ist weg.

Larry: Ach, Gott, nicht das schon wieder.

Carol: Hör zu, Larry!

Larry: Bitte! Du weißt ...

Carol: Ich möchte mich noch mal in seiner Wohnung umsehen, ja!

Larry: Was redest du bloß?

Carol (leise): Das muß sein. Auf jeden Fall.

Carol geht schnell und entschieden zurück ins Schlafzimmer.

Larry: Wo gehst du hin?

Carol (off): Paß auf! Er wird nicht wiederkommen, Larry!

Larry geht jetzt langsam auch zurück ins Schlafzimmer.

Larry: Es ist, es ist ein Uhr morg... Was? Was? Was?

Carol (off): Nein, er kommt nicht wieder. Frühestens in einer oder anderthalb Stunden.

Larry: Was? ... Was machst du da? Hast du seine Schlüssel?

Carol (off): Ja.

Carol beginnt sich anzuziehen.

Larry: Das ist nicht dein Ernst, was redest du da? Du kannst nicht... Warum, weil du, du ihm ins Kino gefolgt bist... Du hast selbst gesagt, daß da nichts passiert ist.

Carol: Nein, warte mal. Er war da mit diesem jungen Ding, Typ Model. Und sie haben über Geld gesprochen.

Larry: Ja, na, und? Das ist doch...

Carol: Na, das ist das Motiv.

Larry: Was?

Carol geht schnell durch die Wohnung. Larry folgt ihr nervös.

Larry: He! Hör doch mal. (ziemlich entschieden) Komm her! Komm her. Warte doch mal. Komm, hör mal, hör mal...

Carol: Was soll das heißen? ...»Komm her«, was meinst du damit, Larry?

Larry: Ich habe über dich nachgedacht!

Carol (ziemlich sauer): Was heißt das?

Larry: Ich glaube, du mußt... ich mu... du mußt, du mußt wieder zu deinem Analytiker gehen.

Carol: Was meinst du?... Ich... wieder...

Larry: Du mußt wieder zu Dr. Ballard gehen.

Carol: Larry, ich bin da zwei Jahre lang hingegangen.

Larry: Ich bin, äh... ja, ich weiß. Und du weißt doch, daß General Motors defekte Autos zurückholt.

Carol (ziemlich genervt): Also, ich bitte dich... Ich bitte... Larry...

Larry: Du brauchst eine große Inspektion.

Carol: Larry, es dauert doch nur fünf Minuten.

Larry: Du solltest …

Carol: Fünf! Nur fü…

Larry: Nein. Nein! Ich, ähm … und ich sage dir jetzt, ich bin dein Mann, ich befehle dir, schlafen zu gehen!

Carol: Also, ich wär…

Larry: Schlafe! Ich befehle es!

Carol: Nein, ich bi…

Larry: Ich befehle es! Schlafe!

Carol: Larry … ich kann dir nur sagen, vor ein paar Jahren hättest du noch genau das gleiche getan. Denn wenn du dich erinnerst … haben wir ein Geheimnis entdeckt. Ja! Ein Geheimnis gelüftet, weißt du noch? Es war das … Es war das Geheimnis der Geräusche auf dem Boden.

Larry: Ach, ja! Im Landhaus. Die Blaumeise. Ich weiß.

Carol: Genau, also …

Larry: Aber das war ein schönes Geheimnis. Hier geht es um Mord.

Carol: Dies … wa … Du stimmst also zu, ja? … Es ist Mord, Larry!

Larry: Nein, ich … Hör doch, ich, nein, nein, ich verbiete es dir! Ich verbiete dir zu gehen! Es ist … Ähm, ich verbiete … So verhältst du dich, wenn ich dir was verbiete? (drohend) Falls … falls es das ist, was du …, werde ich dir in Zukunft nicht mehr viel verbieten. Falls du …

Carol hat die Wohnung verlassen.

Innen. Nacht. Der Flur im Stockwerk.

Carol schleicht zur Wohnungstür von Mr. House. Sie versucht mit dem falschen Schlüssel aufzuschließen.

Carol: Ach, verdammt!

Larry kommt schnell zu ihr.

Larry: Oh ... tu das nicht.

Carol: Psst!

Larry: Wir sollten jetzt lieber schlafen in einer unserer vielen Kuschelpositionen.

Carol: Hör auf, ja? Bitte, sei still, Larry!

Sie schließt die Tür auf.

Larry: Das ist unrecht.

Carol: Sei still, du weckst noch die Nachbarn auf, ja? Okay, geschafft, ich hab's geschafft.

Die beiden kommen in die Wohnung von Paul House.

Larry: Das ist nicht gut! Ich garantiere dir, das kann uns nur großes Unglück bringen.

Carol: Hör mal, Larry ... reg dich ab, ja!

Larry: Bitte ... das kann ich nicht! Wie soll ich mich abregen? Ich bin bei einem Fremden in der Wohnung, in meinem ..., im T-Shirt und ... und Pyjama.

Carol: Aber das ... das ist doch unwichtig. Ach, ja, gut, Ted hat mir gesagt, ich soll hier was ausprobieren. Ja.

Carol blickt jetzt auf das Telefon, das auf dem Schreibtisch steht.

Larry: Was heißt das? Ted hat dir gesagt ... Was ... Ted? Ted? Was ist er? Dein Guru?

Carol greift zum Hörer.

Carol: Ähm ... Wahlwiederholung!

Larry: Ted ist ein kranker Spinner.

Carol hat die Taste »Wahlwiederholung« gedrückt.

Carol: Psst!

Larry: Er... er sitzt zu Hause, und wir sind in...

Carol: Na, sei doch mal für eine Sekunde ruhig, ja!

Larry: Ich mei... ich bin... Und wenn er zurückkommt?

Carol: Scht!

Larry: Ich, ähm... mein Herz, das...

Carol (durch die Zähne): Larry!

Eine männliche Stimme meldet sich.

Mann (off): Waldron.

Carol: Äh, äh, wer?

Mann (off): Wer ist da? Wen wollen Sie sprechen?

Carol: Ähm, äh, wer ist da? (zu Larry) Kennst du einen Mann namens Waldron?

Sie hält die Hand vor die Muschel.

Carol: Waldron?

Larry (flüstert intensiv): Leg jetzt den Hörer auf. Leg sofort den Hörer auf!

Carol: Psst, sei doch still. Ja, warte... Oh, toll, jetzt hat... jetzt hat der aufgelegt.

Larry: Sehr gut, gut.

Carol (ironisch): Na, toll.

Larry: Laß uns raus hier. Ich will nach Hause, ich will wieder ins Bett.

Carol: Nein, laß mich mal kurz nachdenken. Waldron, ja? Helen Moss... Also er benutzt den Namen Tom, nicht? Also Tom Waldron? Wir müssen das abchecken. Klar?

Larry: Ich will wieder ins Bett.

Carol: Na, komm schon!

Larry: Abchecken, was? Willst du auch noch auf einen

Sprung ins Leichenschauhaus? Du redest ja schon in diesem Jargon!

Carol: Komm doch!

Larry: Wohin willst du?

Carol geht in das Schlafzimmer. Larry folgt ihr.

Carol (ziemlich leise): Hör jetzt auf.

Larry: Ich bin kein Nachtmensch! Ich will nicht ü... über... Was tust... Ich weiß ja gar nicht, wonach ich suchen soll!

Carol: Pst!... Oh... Oh, warte... Guck mal!

Carol hat verschiedene Papiere gefunden.

Carol: Hier ist die Post!

Larry: Was? Was hast du vor? Liest du jetzt auch noch seine Post? Das ist ja Irrsinn!

Carol: Was soll das heißen?

Larry: Oh, nein...! Herrgott!

Carol: Was machst du denn?

Larry hat etwas Zerbrechliches berührt und fallen gelassen.

Larry: Ach, Mist!

Carol: Na, los! Mach das sauber! Beeil dich!

Larry: Wie denn saubermachen?

Carol: Na ja, ich weiß auch nicht.

Larry: Was soll ich tun? Jetzt staubsaugen?

Carol: Schieb's unter den Teppich oder irgend so was.

Larry: Das geht nicht. Das ist doch Auslegware. Ich hab sei... sei... sein Porzellan zerbrochen.

Carol: Ja, ich weiß auch nicht... na, dann kleb's. Kleb's wieder zu...

Larry: Was heißt denn, kleb es? Wie soll ich denn das machen?... Was?

Carol: Oh, sieh mal! Guck doch! Guck mal... Guck doch!

Carol hat auf einer Kommode Handschuhe entdeckt.

Larry: Na, und? Handschuhe! Ich hab' auch welche, da bleiben die Finger warm.

Carol: Ich weiß, ich weiß! Aber holst du die bei solchem Wetter aus der Kommode? Hä?

Larry: Laß uns hier verschwinden, weil das hier...

Carol: Ich finde das schon sehr merkwürdig hier. Er hat sie sich hier bereitgelegt! Ich finde die ganze Sache äußerst undurchsichtig.

Larry: Das liegt am Auge des Betrachters. Geh doch mal zu einem Augenarzt und besorg dir eine rosa Brille.

Carol: Was?

Larry: Also ich werde jetzt diese Stücke mitnehmen, und wir... wir werfen sie dann weg.

Carol: Larry...

Außen. Tag. Straße.

Die Front des Restaurants »21«.

Innen. Tag. Restaurant »21«.

Carol, Larry und ihr Sohn Nick kommen zur Garderobe.

Carol: Und wie hat dir deine Geburtstagstorte geschmeckt, Nick?

Nick: Hervorragend, ich...

Carol: Ich weiß...

Nick: Ich fand sie... Na, andererseits esse ich ja alles mit Schokolade gern...

Larry: Er ißt gern Schokolade, stimmt's?

Carol: Ich weiß!

Larry: (lacht)

Carol: Worüber lachst du denn?

Larry: Na ja, ich ... (zu Nick) Wenn du doch nur etwas bleiben könntest. Wenn du nur noch ein paar Stunden länger hierbleiben könntest.

Nick: Ich weiß. Ich wollte ja. Aber ich ...

Carol: Na, wie wär's?

Nick: Die setzen uns auf der Uni so stark unter Druck, ich kann nicht.

Carol: Ach ... wirklich ...

Nick: Ich muß gleich wieder los.

Larry (zu Carol): Ich fahr' mit ihm zu »Brooks Brothers«. Wegen seines Geschenks.

Carol (zu Nick): Okay, Schatz. (zu Larry) Ach, ja?

Larry: Und ... und ... und ... äh ...

Nick: »Brooks Brothers« ...

Larry: Ja. Deine Mutter geht zu einer Weinprobe.

Carol: Ihr kauft da was bei »Brooks Brothers«?

Nick: Ja.

Carol: Und was?

Nick: Einen Pullover.

Larry: Sie geht zu einer Weinprobe. Es ist nicht zu glauben.

Carol: Na, wenn ich ein Restaurant führe, muß ich was von Wein verstehen. Oder denkt ihr ... Larry?

Larry hat sich kurz von den beiden entfernt und begrüßt jemanden außerhalb des Bildes.

Larry: Hi!

Marcia Fox, die Autorin, kommt jetzt auf die drei zu.

Marcia: Hallo!

Larry: He, ich möchte euch jemanden vorstellen.

Carol (off): Was?

Larry (off): Ich möchte euch mit jemand bekanntmachen. Das ist... das ist... Hi, wie geht's?

Marcia: Hi, Larry...! Gut, und Ihnen?

Larry: Das ist... das ist meine Frau...

Carol steht direkt hinter Larry.

Carol: Schatz, ich bin hier!

Larry: Das ist meine...

Carol: Ich bin direkt...

Larry dreht sich lachend zu Carol um.

Larry (lachend): Du versteckst dich ja!

Carol (zu Larry): Carol! Kennst du mich noch?

Larry: Ja! Das ist Marcia Fox.

Carol: Wie auch immer... Oh, hi!

Marcia: Hi.

Carol: Guten Tag.

Marcia: Guten Tag.

Larry: Mein Sohn Nicky, er ist in der Stadt wegen... äh... er hat Geburtstag.

Carol (zu Marcia): Freut mich sehr.

Larry: Deshalb waren wir mit ihm im »21«.

Marcia: Aha.

Nick: Nick. Guten Tag.

Marcia: Guten Tag.

Larry: Das ist bei uns Tradition in der Familie.

Carol: Ja. Ja.

Marcia: Das ist ja schön. Ach, Ihr Freund hat mich angerufen. Er geht mit mir nächste Woche in New Jersey essen. In irgendeinem Mafia-Lokal.

Larry: Ach, ich hab sie mit Ted verkuppelt. Er will mit ihr...

Carol: Ach, das hast du, ja?
Larry: Ja. Das Lokal, wo wir auch mal waren.
Carol: Tja, das ist schön. Das ist ganz entzückend.
Larry: Es ist urkomisch. Sie werden sich sicher amüsieren.
Marcia: Toll ... Toll.
Larry: Das ist schön ... Na, ja ...
Marcia: Also, hat mich gefreut ... hat mich sehr gefreut.
Larry: Ja, mich auch.
Marcia: Machen Sie's gut.
Carol: Uns auch ... Wiedersehen, Marcia.
Marcia: Auf Wiedersehen.
Nick: War nett, Sie kennenzulernen.

Marcia geht.

Larry: Ach, das ist toll. Sie wird sich sehr amüsieren.
Carol: Also, das ist Marcia Fox, ja?
Larry: (bejaht)
Carol (abwägend): Mhmhm.
Larry: Warum ziehst du so ein Gesicht? Sie ist großartig.
Carol: Und du denkst, sie ist Teds Typ? Ist das ...
Larry: Teds Typ?
Carol: Ja ...
Larry: Dieser Typ gefällt jedem. Sie ist intelligent, talentiert. (zur Garderobenfrau) Ja, ich hatte Ihnen ...
Garderobenfrau (off): Danke.
Larry: Hast du ... hast du deine Tasche?
Carol: Also deine Pupillen zogen sich zusammen. (lacht etwas ironisch)
Larry: Ach, sie ist gefährlich sexuell.
Carol: Das sage ich dir!

Larry: Eins sag ich dir ... Also, wenn du zu der Weinprobe gehst, Schatz, dann denk an die Realität. Spuck ihn aus.

Carol (lachend): Ich verstehe.

Larry: Okay ...? Wenn du trinkst ...

Nick: Ja. Trink nicht zuviel, Mama.

Larry: Ja, spuck ... spuck ihn aus.

Carol: Was soll denn das ...? Nick?

Larry: Man spuckt ihn bei der Weinprobe aus. Denn ich ... ich möchte nicht, daß du heute abend im Bad auf dem Boden liegst und den Kopf in der Kloschüssel hast.

Carol: Also, das ist doch nur ...

Nick: (lacht)

Larry (schon unverständlich): Das kann leicht passieren.

Die drei verlassen das Restaurant »21«.

Innen. Tag. Ein Club.

Auf der Weinprobe. Die Kamera schwenkt über die eleganten Gäste und trifft dann auf Carol und Ted.

Ted (off): Dieser 45er Mouton! Das war ...

Carol (off): Mochtest du ihn nicht?

Ted (off): Ach, der war ... sehr sublim, weißt du.

Carol (off): Ja.

Ted (off): Und der preiswerte spanische, der war doch ... War der nicht eine große Überraschung?

Carol: Der war sehr, sehr ...

Ted: Der hat wunderbar geschmeckt.

Carol: Ja.

Ted deutet auf ein Landschaftsgemälde.

Ted: Guck dir mal dieses Bild da an, sieh mal.

Carol: Also, äh...

Ted: Das Blau gefällt mir darin.

Die beiden gehen langsam an vielen Gästen vorbei durch den Raum.

Carol: Also, Larry hat dich mit Marcia Fox verkuppelt, ja? Mit seiner... mit seiner...

Ted: Ja, ja. Na, ja, weißt du... er ist...

Carol (unsicher lachend): ... Lieblingsautorin.

Ted: Er sagt, sie sei wunderbar, und ich bin...

Carol: Oh...

Ted: Ich versuche alles, um unter die Leute zu kommen, weißt du.

Carol: Sicher.

Ted: Also ich..., ich freu mich nicht gerade darauf.

Carol: Und du gehst mit ihr ins »Vincent's« in Jersey?

Ted: Ja.

Carol: Hast du das vor?

Ted: Ja, könnte sein, ja.

Carol (recht säuerlich): Mhm.

Ted: (schnalzt mit den Lippen) Sie ist nicht meine Idealbesetzung.

Carol: Nein?

Carol blickt in Richtung Fenster und die beiden gehen dann darauf zu.

Carol: Oh, Gott, sieh dir das an! Oh, dieser Park ist ja so schön.

Ted: Ja, großartig.

Durch das Fenster wird die Aussicht in den Park erkennbar.

Ted: Aber meine Idealbesetzung kann ich ja auch nicht bekommen.

Carol: Nein ...? Mhm.

Ted (lachend): Ich werd langsam betrunken. Ich weiß nicht mehr, was ich rede.

Carol: Du bist langsam ... Ich auch ... Ich weiß auch gar nicht, worüber wir hier eigentlich ... Oh.

Die beiden setzen sich direkt ans Fenster. Ted blickt auf seine Armbanduhr.

Ted: Ich werde noch zu spät zu meinem Analytiker kommen. Ich habe einen ...

Carol: Du mußt los, ja?

Ted: Ja.

Carol: Okay.

Ted: Du weißt, daß du meine Idealbesetzung wärst.

Carol: (lacht verlegen) Ich, ja?

Ted: Ja.

Carol: (lacht verlegen) ... Oh, Mann!

Ted wechselt das Thema.

Ted: Ach, äh, soll ich dich mitnehmen? Willst du, äh ... ich fahr nach Osten. Möchtest du ...

Carol: Danke, nein, ich ... ich glaube, ich bleibe noch. Ich muß nachdenken. Ich brauche ... Ich hab einen kleinen, na ja, in der Krone.

Ted: Ich hab dich doch nicht beleidigt, oder?

Carol: Nein!

Ted: Also das ...

Carol: Nein, nein, nein, nein, nein, nein, nein. Nein. Du hast mich nicht beleidigt. Nein. Ich fühl mich sehr, äh, geschmeichelt dadurch. Ted ... Geschmeichelt. Na ja, jedenfalls ...

Ted: (lacht verlegen) Also dann ...

Carol: Also dann, Ted.

Ted steht auf und geht. Er stolpert etwas.

Carol: Upps! Vorsichtig, upps!
Ted: Pardon. Entschuldige bitte.

Außen. Tag. Eine Straße.

Ted verläßt mit den Händen in den Taschen nachdenklich das Haus der Weinprobe.

Innen. Tag. Der Club.

Carol sitzt noch melancholisch am Fenster und blickt auf einen vorbeifahrenden Bus. In ihm glaubt sie deutlich die verstorbene Mrs. Lillian House sitzen zu sehen. Sie verläßt eilig und verstört die Weinprobe. Sie stolpert und schwankt etwas.
Carol: Oh ... Verzeihung ... Entschuldigung.

Außen. Tag. Straße.

Carol kommt aus dem Haus der Weinprobe und blickt irritiert um sich. Sie geht dann in die Richtung, in die der Bus gefahren ist.

Innen. Abend. Carols und Larrys Wohnung.

Larry deckt den Tisch und wirkt sehr gut gelaunt. Carol kommt von der Weinprobe verwirrt und erschöpft nach Hause.

Larry: Einen tollen Pullover hab ich heute bei »Brooks Brothers» für Nick gekauft. Wirklich schön. Kaschmir. Sehr teuer, aber der Junge sah so gut darin aus. Und ich hab auch beschlossen, daß ich heute abend das Essen koche. Das einzige, was ich kann. Thunfischpfanne.

Carol: Das ist kein Wunder, daß er sie hat einäschern lassen.

Larry: Was?

Carol: Mrs. House!

Larry: Ach, Gott! Du fängst doch nicht wieder mit Mrs. House an? Ich dachte, wir essen was Leichtes, weil wir schon soviel im »21« hatten.

Carol: Larry...

Larry: Was?

Die Kamera schwenkt von Larry auf Carol.

Carol: Ich hab gerade Mrs. House gesehen.

Larry (off): Was heißt das? Ihre Asche?

Carol: Nein... Nein, nein, im Bus. Er fuhr vorbei, und sie saß drin.

Larry tritt mit Weingläsern in der Hand auf Carol zu. Er wirkt sehr lässig und überlegen.

Larry (ironisch, ungläubig): Ach, die Tote fuhr im Bus an dir vorbei? Ach? Welcher Bus war das? Der Bus gen Himmel?

Carol (sehr erregt): Ich meine..., ja... Nein, ich mach... ich mach keine Witze. Ich will dir was erzählen. Ich sage dir, ich habe sie wirklich gesehen. Tatsächlich.

Larry (ironisch): Aha!

Carol: Ja.

Larry: Willst du dich etwas hinlegen? Ich mach dir

eine kalte Kompresse für deinen Kopf. Oder eine heiße Kompresse auf den Rücken...

Carol: Nein... Larry, ich war doch bei dieser Weinprobe, nicht? Und ich war... Ich saß also im Vorbau an einem Fenster... und ich... ich gucke da zufällig raus. Ein Bus kommt, und... sie hat darin gesessen.

Larry: Ähm, weißt du noch, was ich gesagt hatte? Ja, ich hab doch zu dir gesagt, spuck ihn aus.

Carol: Ich...

Larry: Ich sagte, trink ihn nicht. Du sagtest, ich geh zu einer Weinprobe...

Carol: Aber...

Larry: ... und daß du da den ganzen Nachmittag den Wein probierst?

Carol: Ja.

Larry: Ich sagte, spuck ihn aus! Und schluck ihn nicht runter... Du hast ihn geschluckt, und deshalb geht es dir jetzt so.

Carol: Ja, ja, ist gut. Ich... Ja, ich habe etwas getrunken, aber das ist... ist nicht... Ich habe sie gesehen!

Larry deckt den Tisch weiter.

Larry (ironisch): Ja, natürlich hast du sie gesehen!

Carol: Ich...

Larry: Wie kannst du sie sehen? Sie ist tot! Sie ist nicht nur tot, sie wurde eingeäschert. Und es ist nicht mal Halloween!

Carol: Okay... Also, willst du mir sagen, daß du... daß ich sie nicht gesehen habe? Behauptest du das?

Carol geht aufgeregt durch den Wohnraum.

Larry (off): Ich halte das für eine sehr vernünftige Annahme, daß, wenn jemand tot ist, er nicht plötzlich im New Yorker Verkehrsnetz auftaucht.

Carol: Ich ... ich weiß nicht, was jetzt vorgeht, Larry. Ich ... ich ... ich weiß nicht, was hier los ist.

Larry (off): Was soll los sein?

Carol: Was ... Ja ...

Larry (off): Laß es mich mal so ausdrücken: ein völliger Nervenzusammenbruch!

Carol (gestöhnt, geseufzt): Ach!

Larry: Okay! Reicht das?

Carol: Ich ...

Larry: Vielleicht, ja, vielleicht ist sie ein Zwilling, das ist möglich. Laß das jetzt!

Carol: Warum?

Larry: Probier jetzt meine Thunfischpfanne. Sag mir, ob zuviel Schokosoße dran ist.

Carol: Schatz, du bist in letzter Zeit so engstirnig. Ich ... ach ... Ach, Gott!

Das Telefon klingelt. Carol nimmt ab.

Carol: Hallo ...? Ted ...! (vollständig außer Atem) Ted ...

Larry: Mhm, äh ... ach, Ted! Ted.

Carol: Ted, du wirst es nicht glauben. Aber ich habe Mrs. House gesehen.

Larry schenkt Wein ein und schüttelt den Kopf.

Carol: Ja! Mrs. House! Ja ... die ermordete Frau. Ganz recht.

Larry: Sie wurde nicht ermordet, es war ein Herzinfarkt. (zu einem imaginären Publikum) Es war ein Herzinfarkt, Leute! Es war ein Herzinfarkt, sie wurde nicht ermordet. Ich weiß nicht, was sie da redet.

Carol (weiter am Telefon): Ja ... Nein, nein ... Ja ... Nein, ich bin mir sicher. Ich habe sie bestimmt gesehen. Sie saß im Bus, weißt du.

Larry (murmelnd, für sich): Ja, und da trinkt sie pausenlos Wein...

Carol: Also ich... ich hab sie gesehen, ganz kurz nachdem du weg warst.

Larry (für sich): Ach, ja... sicher. Er war auch bei der Weinprobe... Sicher, warum nicht... Beide waren bei der Weinprobe.

Carol: Ich guckte aus dem... ich bin mir sicher... Würdest du das tun...? Oh, das wäre großartig. Ja, checke das ab. Betrifft Paul und Lillian House.

Larry: He! Es ist spät... Laß das mit dem Abchecken. Nichts abchecken! Stop!

Larry nimmt Carol energisch den Hörer aus der Hand.

Carol: Was redest du...? Was tust du denn da?

Larry (ins Telefon): Hör zu... könntest du noch mal anrufen, weil meine Ehe nämlich zu Bruch geht.

Carol: Ich meine... Larry, was fällt dir...

Larry legt auf.

Larry (zu Carol): Laß das! Ja? Wenn du ein Verhältnis mit ihm haben willst, geht das auch ohne Mord.

Carol: Aber, was... (verzweifelt, nachdrücklich) Ich sage dir, ich habe da Mrs. House gesehen!

Larry hat sich wieder an den Eßtisch gesetzt.

Larry: Ja, ich weiß, im Bus. Im Bus für Tote. Endstation Friedhof.

Carol: Ich ha... Okay.

Larry: Setz dich jetzt hin, laß uns...

Carol: Jetzt hör zu... Ich erklär's dir. Ich zeige dir genau die Stelle, Larry.

Larry: Ja... Ich will diese Stelle aber gar nicht sehen.

Carol: Hä...? Vielleicht in der Mittagspause? Morgen...? In, in deiner Mittagspause?

Larry: Nein, ich hab ein Geschäftsessen. Ich muß ...

Carol: Oh, Gott! Ich sage dir, also das ... das ist ein solcher Schock!

Larry: Nein, ich hab ein Geschäftsessen. Ich hab kein Interesse daran ... Hm? Kein Interesse. Komm jetzt.

Carol: Also, ich sage dir ...

Carol geht wieder erregt durch die Wohnung.

Larry: Möchtest du ... Ißt du jetzt was? (off) Wir haben Theaterkarten!

Carol: Da fang ich ja zu zittern an. Ich habe diese Frau gesehen ... Was? Ich geh nicht ins Theater.

Larry (off – scharf): Was heißt das, du gehst nicht ...

Carol: Ich kann nicht ins Theater gehen.

Larry (off): Wir haben diese Karten schon seit zwei Monaten.

Carol: Ich ... Verstehst du, wie ungeheuerlich das ist, was ich dir erzähle, Larry? Verstehst du ...

Larry (off): Wenn du eine große Geschichte kennst, erzähl sie der Polizei. Erzähl sie nicht mir!

Carol: Was soll ich denen sagen?

Carol geht auf Larry zu. Er sitzt weiterhin am Tisch.

Larry: Erzähl ihnen deine Geschichte. Erzähl ihnen die ganze Wahnsinnsgeschichte!

Carol: Welche Geschichte? Ich kenn keine Geschichte! Ich habe doch nichts in der Hand! Es sei denn ... Oh!

Larry: Ganz recht, ganz recht, du hast nichts in der Hand.

Carol: Es sei denn ... es sei denn, ich finde sie!

Larry: Ja, okay, gut. Und jetzt setz dich, weil wir ins Theater gehen. Ist mir egal, was du sagst.

Carol: Hä ...? Okay? Nein, ich ... (sie stöhnt)

Innen. Abend. Carols und Larrys Wohnhaus.

Carol und Larry gehen elegant gekleidet durch den Hausflur. Sie treffen den Hausmeister. Larry spricht ihn an.

Larry: Ach, Jack... Jack? Sie... Sie waren doch dabei, als Mrs. House gestorben ist. Haben Sie sie gesehen?

Carol (gleichzeitig): Genau.

Hausmeister: Ja, klar hab ich sie gesehen.

Carol: Ja... Sie haben sie da liegen sehen, nicht?

Hausmeister: Ja, sie lag da auf dem Boden.

Carol: Sie sagen...

Larry: Also, er hat sie liegen sehen auf dem Boden, ja?

Carol: Ja, aber... aber Sie sind sich nicht sicher, ob sie es war, oder? He, er hat den Leichensack auf dem Boden gesehen, nicht?

Hausmeister: Ja, ja, ich weiß, wie sie ausgesehen hat.

Larry: Er ist sich sicher!

Carol: Genau, Sie haben den...

Larry: Er ist sich sicher. Er ist sich sicher... Also meine, meine Frau hat einen Alptraum gehabt. Und sie weiß nicht, was sie da redet... Hier... Ja...

Larry gibt dem Hausmeister einen Geldschein.

Hausmeister: Sie war in diesem Sack, ja, bestimmt...

Carol: Ja... äh...

Larry: Das... das... das ist für Ihren Zeitaufwand, wenn ich Sie immer anrufe, um den Hahn zu reparieren, und Sie dann ein halbes Jahr später kommen.

Hausmeister: Vielen Dank.

Carol: (seufzt)

Innen. Abend. Ein Theater.

Carol und Larry sitzen in einer Reihe. Carol redet plötzlich halblaut auf ihn ein.

Carol: Der Hausmeister ist ein Säufer.

Larry: Schscht!

Carol: Ich weiß ... Aber wir haben ihn mal getroffen, und da roch er nach Jack Daniels, weißt du noch?

Larry: Ja, aber ...

Carol: Na ja ... Ich weiß ganz genau, er hat Mrs. House nicht gesehen, Larry.

Larry: Wenn sie eine Zwillingsschwester hat, sieht die Sache anders aus. Aber an so was willst du ja nicht glauben, also ...

Carol: Ja. Ja ... Na, ich weiß nicht.

Carol hat einen plötzlichen Einfall.

Carol: Oh, ich weiß! Es sei denn, er gehört auch dazu!

Larry: Wer denn? Der Hausmeister? Der Hausmeister kann nicht mal eine Sicherung auswechseln. Was redest du denn?

Carol: Ich meine, du ... ja! ... Nicht! Scht, scht, scht! Ich meine, sie ...

Larry: Was?

Carol: Na ja, sie lebt! Und ich stell mir die Frage, wer war in diesem Sack? Es muß doch jemand ...

Larry: Sie ... sie lebt nicht! Oder sie hat eine Zwillingsschwester! Okay? Und jetzt sei ruhig.

Carol: Also, irgend jemand ... irgend jemand ist eingeäschert worden, Larry. Irgend jemand.

Larry: Halt die Klappe!

Außen. Tag. Straße.

Carol und Ted gehen die Straße entlang, in der sich der Club der Weinprobe befindet. Ted erläutert Carol seine Recherchen.

Ted: Lillian House ...

Carol: Genau.

Ted: Mädchenname Lillian Beale. Geboren in Carlyle, Pennsylvania, 1935.

Carol: Aha ...

Ted: Verheiratet mit Paul Richard House.

Carol: Stimmt. Ich weiß.

Ted: Sie hat keine Zwillingsschwester.

Carol: Ja, das ist ja, was ich ...

Ted: Sie hatte eine ältere Schwester, die vor 20 Jahren nach England ging. Und einen älteren Bruder, der 1987 starb.

Carol: Das ist ja Larrys Theorie, nicht? Und ich hab ihm gesagt, ich hab sie gesehen. Neunzehnhun ...

Carol zeigt jetzt auf das Fenster, an dem die beiden bei der Weinprobe gesessen haben.

Carol: Genau hier! Hier ist es.

Ted: Genau hier waren wir.

Carol: Genau hier waren wir. Ich weiß. Ich weiß. Und ich saß da, nachdem du gegangen warst.

Ted: Gut.

Carol: Und ich hab was getrunken, du weißt ja, Wein, und guckte aus dem Fenster, und dann sah ich genau hier... Ja, ich sah ...

Ted: Unglaublich ... du sahst sie, nachdem ich weg war?

Carol: ... sah sie in einem Bus. Der fuhr vorbei, und zwar so runter ...

Sie zeigt in die entsprechende Richtung.

Ted: Moment, bist du ... du dir wirklich sicher, daß du sie gesehen hast? Hast du ihr Gesicht gesehen?

Carol: Ganz sicher. Ich hab sie gesehen.

Carol steht mitten auf der Straße. Ein Wagen fährt hupend auf sie zu.

Carol: Oh, Entschuldigung, ich, ähm ... ich sag es dir doch, Ted.

Ted: Welche Nummer hatte der Bus?

Carol: Ach, ich weiß nicht, welche Nummer der Bus hatte, aber ich weiß, daß er von Westen nach Osten fuhr, also ... Es war also wohl ein Kurzstreckenbus.

Ted: Gut, okay. Na, gut, na, gut. Ein Kurzstreckenbus.

Carol: Genau.

Ted: Okay, paß auf. Also ... die Linie endet ein paar Straßen weiter unten.

Carol: Gut, okay. Na, dann ist sie also irgend ...

Ted: Also ist sie ... Irgendwo mußte sie aussteigen, also ...

Carol: Dann wollte sie also innerhalb der nächsten fünf oder sechs Blocks aussteigen.

Ted: Ja, genau. Dann sehen wir uns mal um. Laß uns ... Wir ... wir suchen nach irgendeinem, äh, na ja, also Hinweis, oder so was. Ja, so was.

Carol: Okay.

Die beiden gehen weiter die Straße hinunter.

Ted (lachend): Vielleicht treffen wir sie ja. Hast du auch bestimmt ihr Gesicht gesehen?

Carol: Hör auf! Hör auf, an mir zu zweifeln.

Ted: Okay, okay, okay. Nein, nein, nein, nein, nein.
Carol: Das ist kein Spaß.
Ted: Komm schon, komm, komm.
Carol: Guck mal.

Außen. Tag. Eine Straße.

Die beiden sind jetzt an der Endstation angekommen.
Carol: (stöhnt) Ach, Gott! Tja, also, ich glaube ... ich glaube, wir sind hier an der Endstation.
Ted: Ja, das war's wohl.
Carol: Da kommt der Bus.
Ted: Paß auf, paß auf!
Der Bus fährt durch eine Pfütze und spritzt Carol beinahe naß.
Carol: Ja, was ist ...? Uuuh!
Ted: Ja, sieh doch! Siehst du? Siehst du, er wendet. Das ist es.
Carol: Ja, ich weiß.
Ted: Das wär's dann.
Carol: Und, was meinst du?
Ted: Inwiefern?
Carol: Sollten wir noch mal zurückgehen?

Außen. Tag. Ein Park.

Etwas später. Carol und Ted gehen sich angeregt unterhaltend spazieren.
Ted: Du ... du trägst dann eine Krawatte zum Kleid ...

Carol: Wie?
Ted: Das ist... das ist sehr originell.
Carol: Nein, das sieht nicht so gut aus. Und ich weiß nicht mal, ob es... Ich finde, ich würde zu maskulin wirken, wenn ich dazu 'ne Hose anziehe.
Ted: Ach, das würde dir prima stehen. Nein, nein! Dann zieh eben keine Hose dazu an.
Carol: Oh!
Ted: Also mit der Hose, na ja, mit Hose... Was?
Carol: Ted... sieh doch!

Carol deutet auf ein Gebäude. Die Kamera schwenkt auf das entsprechende, schäbig wirkende Haus.

Ted: Was denn? Wohin?
Carol (off): Das Hotel!
Ted (off): Was ist damit?
Carol (außer Atem): Na, das ist...

Carol liest an der Markise »Hotel Waldron«.

Carol (off – eifrig und erregt): Das »Waldron«! Also, ich dachte... ich... ich war in seiner Wohnung und drückte auf die Taste »Wahlwiederholung«. Und... und da meldete sich einer und sagte: »Waldron«.
Ted (off): Im Ernst? Los, los, wir brauchen ein Telefon. Komm, wir suchen einen Apparat. Wir rufen an. Hast du 'nen Vierteldollar?

Außen. Tag. Eine Straße.

In der Nähe des Hotels. Ted telefoniert von einem offenen Apparat an der Straße aus.

Ted: Hallo, Mrs. House, bitte... Mrs., Mrs. House. Könnten Sie mich bitte mit ihrem Zimmer verbinden.

Die Kamera schwenkt auf die ungeduldige, nervöse Carol.

Ted (off): Wirklich?

Carol (unruhig atmend): Und?

Ted (off): Wa... wa...

Die Kamera geht zurück auf Ted.

Ted: Was...? Vielleicht, na, vielleicht ist sie abgereist.

Carol (off): Äh...

Ted: Nie... niemand Ihrer Gäste heißt so...? Äh...

Carol: Und was ist mit...

Ted: Was ist mit... ja, was ist mit Helen Moss...? Moss! ... Ganz bestimmt? Sie wohnt... wohnt nicht bei Ihnen? Ist... ist gut. Ja, gut, okay. Tut mir leid. Ja, gut. Danke, danke.

Carol (enttäuscht): Na, toll! O Gott, das sieht ja wieder so nach Regen aus... Und?

Innen. Tag. Im Restaurant »Café des Artistes«.

Marcia Fox, die Autorin, und Larry sitzen an einem Tisch. Sie trägt eine dunkle Sonnenbrille, hält ein Kartenspiel in der Hand und erteilt ihrem Lektor Nachhilfeunterricht im Pokern.

Marcia (mit Zigarette im Mund): Wenn ich zwei Könige habe, nehme ich eine. Andernfalls steige ich aus.

Larry: Aber...

Marcia: Verstanden?

Larry: Ich steige nie aus. Ich... ich... ich kann das einfach nicht... Äh, ich schaffe es nicht...

Marcia: Ja, und so landet man dann bei der Wohlfahrt.

Die Kamera schwenkt durch das elegante Lokal.

Larry (off): Also, ich brauche diesen Nervenkitzel.

Ich… ich kann nicht… Ich riskiere alles. Okay. Nur…

Marcia (off): Abheben?

Larry (off): Nein, nein. Geben Sie, ich vertrau Ihnen. Her damit.

Die Kamera schwenkt zurück. Beide halten jetzt ihre Karten in der Hand. Larry hantiert extrem skurril damit, hält sie direkt vor sein Gesicht und steckt sie immer wieder um.

Marcia: Sie sind in ’ner merkwürdigen Stimmung.

Larry: Nein, nein, nein. Ich bin wohl nur etwas betrunken.

Marcia: Vom Perrier?

Larry: Nein, aber ich hatte doch einen Rumkuchen.

Marcia: Möchten Sie welche?

Larry: Äh, eine Sekunde, lassen Sie mal … erst mal sehen, welche Möglichkeiten ich habe.

Er steckt die Karten immer wieder um.

Larry: Äh, ja, ich nehme dann, äh… also, ich nehme dann, äh… ach, das geht vielleicht… Ich nehme vier Karten.

Marcia: Vier?!

Larry: Ja.

Marcia: Das geht wohl in die Hose.

Larry: Eine aufgerissene »Straße«, äh…

Marcia: Jetzt sitzen Sie in der Klemme.

Larry: Wissen Sie, ich werd das Gefühl nicht los, daß meine… meine Frau sich zu einem anderen hingezogen fühlt… Und das macht mir schwer zu schaffen.

Marcia: Ach, ja?

Larry steckt andauernd die Karten hastig um.

Larry: Ja. Darum bin ich auch heute nicht so in Form. Dieser Kerl ist abenteuerlustiger als ich, und aus ir-

gendeinem Grund hat's bei denen gefunkt. Ich werde sehr einsam sein, wenn, äh ... also, wenn das passiert.

Marcia: Sie müssen sie ja sehr lieben.

Larry: Ja, natürlich, natürlich.

Marcia: Äh ... wenn Sie sie behalten wollen, müssen Sie um sie kämpfen. Und wer ist der Kerl?

Larry: Also, ähm ... ähm, ich ... Ted! Der, den ich an Sie verkuppelt habe.

Marcia: Ted.

Larry: Ja.

Marcia: (lacht amüsiert) Na, wir können ja noch tauschen. Ted kriegt Carol, und ich nehme Sie.

Larry: Viellei ... vielleicht sollte ich mich wirklich mehr be ... bemühen um Carol.

Marcia lächelt leicht und drückt ihre Zigarette aus.

Außen. Tag. Straße.

Vor dem Hotel Waldron sitzen jetzt Carol und Larry wartend in ihrem Wagen.

Larry: (seufzt tief)

Carol: Und, langweilst du dich? Ich meine ...

Larry: Na ja, es ist spannender als die Wagner-Oper.

Carol: Ja. Nur, für mich ist dies bestimmt eins der aufregendsten Abenteuer meines Lebens.

Larry (nachdenklich): Mhm.

Carol: Und?

Larry: Wärst du lieber mit Ted hier?

Carol: Na ja, er ist da eben enthusiastischer, Larry. Ich ...

Larry: Enthusiastischer?

Carol: Ja, enthusiastischer.

Larry: Ja, er ist ein Spaßvogel. Er ist ein lustiger Typ. Ich bin viel ernster, ich ...

Carol: Weißt du, äh ...

Larry: Na, Ted, Ted wär der Richtige für eine Schnitzeljagd.

Carol: Nein, hör zu, ich ... Larry, du warst auch mal sehr lustig.

Larry (ziemlich sauer): Aber da ist er genau der Richtige für dich bei einer sehr schwierigen Schnitzeljagd. Er ist der Mann dafür.

Carol: Ich weiß. Tja, aber weißt du ..., du warst früher ...

Larry (unterbricht): Weißt du, daß das hier in diesem Viertel war ...

Carol: Was?

Larry: ... als wir zum ersten Mal verabredet waren?

Carol: Keine Ahnung ... Keine Ahnung. Nur, aus irgendeinem Grund bist du jetzt auf deine alten Tage so träge.

Larry: Ach, erinnerst du dich, da war ein Kino, direkt an der Ecke.

Carol: Nein ... Ich weiß ... ja ... ich erinnere mich.

Larry: Ich will gar nicht das Thema wechseln, nur ...

Carol: Weißt du, ich ...

Larry: Ich war mit dir in »Letztes Jahr in Marienbad« bei unserem ersten Rendezvous.

Carol: Ja, ich weiß. (lachend) Um dir den Inhalt zu erklären, hab' ich ein halbes Jahr gebraucht.

Larry: Wer wußte schon, daß das Rückblenden waren, weißt du? ... Kein Mensch.

Carol: (seufzt tief) Hör zu, Larry, also uns bleibt noch

Zeit genug, um konservativ zu sein. Weißt du, was ich meine? Siehst du das nicht ein? Es ist für mich ... Für mich ist das alles hier so, als ob uns gebratene Tauben in den Schoß fallen. Ich meine, das Leben besteht doch nicht nur aus dem düsteren Alltag. Und jetzt ist alles anders, nicht? Denn hier stehen wir an der Schwelle eines echten Geheimnisses.

Larry (unsicher): Ja ...

Carol: Für mich ist die ganze Sache wie ... Sie ist ... he, nein.

Larry: Was, brichst du jetzt hier in einen Freudengesang aus? Wir sitzen hier im Auto.

Carol: Mach dich nicht lustig über mich, ja? Nur weil ich offen für neue Erfahrungen bin.

Larry: Darf ich dir mal eine persönliche Frage stellen?

Carol: Ja.

Larry: Hast du schon mal mit Ted geschlafen?

Carol (rausplatzend, lachend): Geschla... geschlafen?

Larry: Werd nicht nervös, ja?! Ja, ihr beide, du und Ted. Wir waren doch auch auf der Eßreise durch Frankreich, und ihr habt, äh, zusammen die Nacht verbracht, du weißt schon, in diesem ...

Carol: Was, spinnst du? Ja, genau, wir ...

Larry: ... Zimmer, du weißt schon ...

Carol: Ich weiß, ja, und was ist mit dir? Weißt du noch, du hast den Abend mit Julie verbracht, hab ich recht? Ihr habt übernachtet, und zwar in einem Zim ...

Larry (unterbricht): Das war völlig bedeutungslos. Sie haßte mich. Julie verachtet mich, das weißt du.

Carol: Was?

Larry: Sie ... Sie hielt mich für Ausschuß, einen Blindgänger, eine Schmeißfliege, eine Ratte. Unterbrich mich jederzeit, falls du mich verteidigen willst. Ja …

Carol (lachend): He! Ich warte, bis du was sagst, womit ich nicht übereinstimme, klar?

Larry (lachend): Ho, ho.

Carol: (lacht fröhlich)

Larry: He, du haust ja zu! Herrgott!

Carol: (reagiert entsetzt) Larry …

Larry: Ja?

Carol (sehr entsetzt): Larry! Larry!

Die Kamera schwenkt auf das Hotel. Eine Frau geht hinein.

Carol (off): Sieh doch! Das ist sie. Ich würde sagen, das ist sie.

Larry (off): Oh, mein Gott! Das ist sie wirklich.

Carol (off): Ja. Siehst du, was ich meine? Ich hatte also die ganze Zeit recht, oder nicht? Ich wußte es ja!

Larry (off): Kannst du … Bist du dir sicher? Bist du dir sicher?

Carol (off): Ganz sicher! Ja.

Larry (off): Oh, mein Gott!

Carol (off): Stimmt's? Stimmt's?

Larry (off): (reagiert mit einem entsetzten Laut)

Die Kamera schwenkt zurück auf die beiden.

Carol: Ich meine, ich war …

Larry: Ich bin … Herrgott, ich bin …

Carol (lachend): Ich weiß! Also, komm mit!

Larry: Das ist sie!

Carol: Ja, ich wei… Ja, ich weiß.

Larry: Ich wußte … Ich hab's dir ja gesagt.

Carol (empört): Wie meinst du das, du hast es ja … Wie meinst du das? Du spinnst wohl, Schatz!

Larry: Oh, Gott! Da bleibt mir die Luft weg.

Carol: Ja. Nein. Sieh doch! Du bist ganz weiß. Du bist völlig weiß.
Larry: Ich weiß! Das ganze Blut schießt plötzlich in meinen Bruder!
Carol (angespannt, aktiv): Larry...
Larry: Ich weiß gar nicht, was wir tun sollen.
Carol: Los jetzt, wir steigen aus. Laß uns feststellen, was los ist.
Larry: Nein, ich will nicht!
Carol: Na, komm schon. Du hast doch keine Angst, oder? Du hast doch keine Angst vor Mrs. House?
Larry: Nein, ich hab keine Angst. Sie ist eine alte Frau, und ich bin ein kräftiger Mann.
Carol: Ich weiß!
Larry: Trotzdem hab ich irgendwie Angst... Ich weiß nicht, wieso... Vielleicht weil sie tot ist.
Carol: Laß uns gehen. Ich bringe jetzt die Wahrheit endlich ans Licht. Ich bin, weißt du...
Larry: Und wie? Was hast du vor?
Carol: Ach, Gott, wenn Ted doch jetzt hier bei uns wäre. Du weißt, was ich meine?
Larry (sauer): Ach, komm mir jetzt nicht mit Ted! Was... Laß uns, äh... (ziemlich ängstlich) Laß uns jetzt hier verschwinden.
Carol: Laß mich nachdenken. Nein, warte, Ich hab eine Idee.
Larry: Welche?
Carol: Ich weiß, was wir tun. Wir sollten ein Geschenk kaufen, ja?
Larry: Was?
Carol: Wir überraschen sie. Wir schleichen uns ins Hotel. Komm jetzt.

Larry: Wie? Wie?
Carol: Ja, nein. Komm jetzt.

Innen. Tag. Hotel Waldron.

Eine Putzfrau fegt den Flur. Carol und Larry kommen eilig durch die Glastür.

Putzfrau: (summt vor sich hin)
Carol: Äh, verzeihen Sie bitte. Hi!
Putzfrau: Hi.
Carol: Äh, wir waren uns nicht ganz sicher. Haben Sie eine Frau reinkommen sehen? Es war, äh ... es ist eine kleine Frau, etwa 1 Meter 60, sie trägt einen grauen Pullover...
Putzfrau: Eine ältere Frau ...?
Larry: Und sie kam rein mit, mit einer Stofftasche und einem Regenschirm.
Carol: Etwas älter. Nicht...
Putzfrau: Mrs. Caine?
Carol: Aha...
Putzfrau: Dunkles Haar?
Larry: Mrs. Caine?
Carol: Mrs. Caine. Oh, ja, aha. Das ist sie. Ja. Genau. Welches Zimmer?
Larry (unterbricht): Mrs. Caine. Aha. Wir... wir haben ein Geschenk für sie. Wir sind Freunde. Wir... wir wollen sie überraschen ... Weil sie Geburtstag hat. Und, äh...
Putzfrau: Oh... äh... 611.
Carol: 611.
Larry: Oh.

Carol: Gut. Tausend Dank.

Putzfrau: Okay. Keine Ursache.

Larry: Ja, wir brauchen vielleicht noch 'n paar Auskünfte, wenn wir schon mal hier sind, und, und ich zeige mich bestimmt sehr erkenntlich, wenn Sie mitspielen.

Putzfrau: Oh.

Larry: Ja.

Larry gibt der Putzfrau einen Ein-Dollar-Schein.

Larry: Warum ziehen Sie so ein Gesicht? Da ist unser Landesvater drauf.

Carol (off): (drängelt) Kommst du jetzt?

Larry: Ich komme, komm ja schon.

Carol: Komm jetzt. Was treibst du da?

Innen. Tag. Sechstes Hotelstockwerk.

Carol und Larry kommen aus dem Fahrstuhl.

Carol: So, da sind wir... Komm!

Larry: (atmet ängstlich)

Die beiden gehen suchend den Hotelflur entlang.

Carol: Okay... Äh... 611...? 607...

Larry: (atmet tief und ängstlich; ironisch) Ach, sehr schön. Ich liebe Hotels, in denen unten an den Wänden jede Menge von diesem blauen Pulver verstreut ist. (atmet stark)

Carol: So, komm! 611, hier, Larry... Hier ist es.

Larry: (atmet, räuspert sich unsicher)

Carol: Äh...

Sie klopfen an die Tür des Zimmers 611. Die Tür bleibt verschlossen.

Larry (ängstlich): Mrs. House?

Carol: Mrs. House?

Die Tür ist offen. Beide gehen vorsichtig hinein.

Larry: Oh!

Carol: Äh ... (stotternd) Mis... Mrs. House?

Larry (off): Hallo?

Carol: Hallo? Mrs. Hou...

Larry: Sie ist nicht ... Sie ist nicht ...

Carol: Mein Gott, sie ist nicht ...

Larry: Ich glaube nicht, daß sie ...

Carol: Ich seh sie nicht.

Larry: Vielleicht ist es ja nicht das richtige ... richtige Zimmer.

Carol: Ganz ruhig. Einen Moment noch, Larry!

Larry will schnell das Zimmer verlassen.

Carol: Warte, warte, warte!

Larry: Hier ist niemand!

Carol: (sehr erschreckte Reaktion) Larry!!

Larry (entsetzt): Was ist denn?

Carol: Um Gottes willen, warte mal.

Larry: Oh, Herrgott!

Die beiden finden auf dem Boden des Zimmers die Leiche von Mrs. House.

Carol: Oh, mein Gott, sieh doch ...! Mrs. House?

Larry (ängstlich): Was, äh ... was ...

Carol hockt sich neben die Leiche. Larry hält sich zitternd zurück.

Carol: Mrs. House?

Larry: Was ... was ist denn los?

Carol: Hallo?

Larry: Was, äh ... was ... was ...

Carol: Mrs. ... oh! Larry!

Larry: Was?

Carol (entsetzt): Ich glaube, sie ist tot.

Larry: Was ... was ist ... Tot? Ver... versuch doch mal, ihr das Geschenk zu überreichen.

Carol: Ja ... Oh, mein Go... Mrs. House? Mrs. House?

Larry (ängstlich, wütend, recht laut): Jetzt komm schon, laß uns verschwinden!!

Carol: Ich glaube, es stimmt, Larry, ich glaube, sie ist tot.

Larry: Komm jetzt.

Carol: Oh, mein Gott ... Oh, Gott.

Larry: Ich könnte jetzt den Boston Marathon mitlaufen.

Carol: Okay ... oh, Gott!

Larry: Diese Frau stirbt ja andauernd.

Beide verlassen schnell das Hotelzimmer.

Innen. Tag. Flur des Hotels.

Carol: (atmet ängstlich)

Larry: Beeil dich, beeil dich, schnell, schneller! Das Adrenalin läuft mir schon aus den Ohren ...

Beide laufen jetzt.

Larry: Los, die Treppe runter.

Carol: Okay, ist ja gut.

Sie laufen die Treppe hinunter.

Larry: Beeil dich, beeil dich. Schnell!

Außen. Tag. Straße.

Vor dem Hotel Waldron. Carol und Larry reden gleichzeitig aufgeregt auf drei Polizeibeamte ein.

Carol: Und wissen Sie, dann hatte ich Mr. House in Verdacht. Er ist... Er besitzt ein Kino.

Larry (extrem nervös): Sie... wir... wir... wir waren... sie... sie... sie war sehr nervös, al... also gehen wir ins Zimmer, und, und...

Die Kamera fährt mit dem Zoom schnell an die Gruppe heran.

Carol: Und... aber was dann geschah... Wir saßen... Ich hab sie in dem Bus gesehen, und...

Larry: Und beim Reinkommen seh ich mich da um. Und dann plötzlich ist sie... Ihre Hand liegt auf dem Boden, die sah man...

Carol: Und sie hat keine Zwillingsschwester, aber das checkten wir trotzdem ab. Und dann sind wir einfach, also, wir saßen da im Auto und warteten, was...

Larry: ... da neben dem Bett. Sie lag da, war irgendwie blau im Gesicht. Und sie war nervös. Ich versuchte, möglichst die Ruhe zu bewahren.

Mike (Polizist): Da oben ist niemand.

Carol: Wie bitte?

Larry: Was heißt das, da ist niemand...

Mike (Polizist): Da ist niemand.

Carol: Moment mal, aber...

Rick (Polizist): Da oben ist keine Leiche!

Carol: Wir... Wir haben...

Larry: Wie kann da oben niemand sein?

Rick (Polizist): Können Sie uns zeigen, wo Sie sie genau gesehen haben?

Carol: Ja, schon...

Larry: Also... wir haben sie doch da gesehen. Sie lag auf dem Boden.

Carol: Wir ha...

Rick (Polizist): Mike, guck unten im Keller nach.

Der Polizist Mike geht in das Hotel zurück.

Carol: Larry, wir haben doch... Ach, Unsinn, wir haben...

Larry: Sie war völl... völlig tot.

Carol: Wir... Sie ist da drin.

Carol und Larry gehen hinter Mike auch in das Hotel zurück.

Larry: Ja, natür... Warte, warte.

Innen. Tag. Das Hotelzimmer 611.

Carol (off): Sie lag genau da.

Larry (off): Ja.

Carol (off): Sie lag, sie lag so da...

Larry (off): Sie hat definitiv hier gelegen.

Schwenk. Die Kamera hat jetzt Carol, Larry und den Polizisten Mike im Bild.

Carol: Weil, ich meine, sie war... sie war hier, verstehen Sie?

Larry: Die... Ja. Es sah aus, als hätte man sie erwürgt oder so was, nicht. Nicht... nicht, daß ich Experte für den gewaltsamen Tod wäre, woher denn auch!?

Mike sucht unter dem Bett.

Carol: Ich meine, wir sind doch nicht verrückt, wir... wir sind berufstätige Menschen!

Larry: Richtig! Ich bin... ich arbeite bei Harper's.

Carol: Ja.
Larry: Im Buchverlag. Äh, bei Harper's, äh ...
Carol: Ja ... Ganz recht, und ich mö ... ich möchte ein kleines Restaurant eröffnen. Vor allem französische Küche. Ich habe aber auch nichts gegen internationale Küche. Also, ich weiß zwar noch nicht ganz genau, wo, aber das ...
Larry: Genau, sie ist eine phantastische Köchin. Aber ich ... ich bin von der Restaurantidee nicht begeistert. Aber sie ist eine wunderbare Köchin.
Carol: Ist ja nur ... Okay, nur ...
Frank (Polizist, unterbricht laut): Kommen Sie zur Ruhe!! Kommen Sie zur Ruhe!!
Larry: Also, hier ist wohl folgendes passiert: In der Zeit, bis Sie herkommen konnten, kam jemand rein und hat die Leiche entfernt.
Carol (ziemlich leise): Ja.
Larry: Nicht, daß Sie zu langsam waren, Sie waren schnell hier. Es dau ... dauerte drei Minuten, abgesehen von der halben Stunde, die die Frau beim Notruf 911 brauchte, um mich überhaupt zu verstehen.
Frank (Polizist): Niemand bezweifelt Ihre Aussage.
Larry: Sie war ... Okay.
Frank (Polizist): Wir durchsuchen das ganze Gebäude, verstehen Sie?
Larry: Ach, ja, äh ...
Carol: Einverstanden.

Außen. Tag. Straße.

Carol und Larry stehen mit den Polizisten jetzt wieder vor dem Hotel Waldron.

Carol: Haben Sie nachgeprüft ...

Rick (Polizist) (unterbricht): Mr. House ist den ganzen Tag an seiner Arbeitsstätte.

Mike (Polizist): Haben wir zweimal nachgeprüft.

Carol: Haben Sie alles überprüft? Oh ...

Mike (Polizist): Hat er Zeugen?

Carol: Ja, gibt ...

Rick (Polizist): Ja, ja, und für die Aussage gibt es eine Bestätigung.

Carol (beunruhigt): Ja, aber unseren Namen haben Sie nicht erwähnt oder so was. Oder?

Rick (Polizist): Nein, haben wir nicht.

Carol: Nein ... Okay.

Rick (Polizist): Na, wenn Sie glauben, das war seine Frau, sollten Sie ihm das nicht sagen?

Carol: Nein, ich ...

Larry: Nein, nein ... Wir wollen nicht reingezogen werden.

Carol: Nein, er hat doch da irgend etwas Linkes vor. Das ist doch ...

Mike (Polizist): Wir finden, Sie sollten mitkommen und alles zu Protokoll geben.

Carol: Das ist nicht ... Oh.

Mike (Polizist): Falls sich noch andere Hinweise ergeben ...

Carol: Nein ...

Mike (Polizist): ... haben wir's dann in den Akten.

Carol: Ist gut.

Der Polizist Mike gibt Carol seine Visitenkarte.

Mike (Polizist): Hier ist meine Karte. Rufen Sie uns an. Schönen Tag noch.

Carol: Danke ... Vielen Dank.

Rick (Polizist): Wiedersehen.

Die Polizisten gehen zu ihren Wagen.

Carol (relativ leise): Haben Sie vielen Dank. Oh, Mann, ich weiß nicht, wie wir ...

Larry: Oh, Gott, ich brauch ... ich brauch was zu trinken. Ich muß mich beruhigen, ich brau ...

Carol und Larry entfernen sich jetzt auch von dem Hotel.

Carol: Wo ist Ted? Ich versteh nicht, wo Ted steckt. Ich meine, gerade jetzt, wo das alles passiert.

Larry: 14 Dragees »Xanax«. Ted? Ted ... Ted ... Also, der hat heute abend sein Rendezvous mit Marcia Fox. Wahrscheinlich besorgt er sich gerade eine Spanische Fliege.

Die beiden gehen die Straße entlang zu ihrem Wagen.

Carol: Glaubst du, daß Helen Moss da mit drinsteckt?

Larry: Helen? Ich weiß nicht, und ich will auch nichts davon wissen.

Carol: Ich glaube schon.

Larry: Ich finde, wir sollten ein neues Leben beginnen. Wir sollten aus der blöden Wohnung ausziehen und ganz von vorn anfangen. Vielleicht in Mexiko.

Carol: Der Täter war vermutlich noch im Zimmer, als wir da waren. Vermutlich im Schrank versteckt.

Larry: Vergiß nicht, mir das noch mal zu sagen, kurz bevor ich heute abend schlafen gehe. Das wird mir guttun.

Carol: (lächelt) Und das heißt doch, daß er uns vermutlich gesehen hat.

Larry: Toll, dann krieg ich gar kein Auge mehr zu. Sag mal, was erwartest du von mir? Ich bin gelähmt vor Angst. Nicht nur das, ich bin auch etwas betrunken.

Carol: Ich frage mich, wer eingeäschert wurde. Wer war das?

Larry: Tja, das war...

Carol: Na...

Larry: Na ja, offenbar war's nicht Mister House, denn der hat ein Alibi.

Carol: Ach ja? Aber das kauf ich ihm nicht ab.

Larry: Hm... (beiseite, zu imaginären Zuhörern) Sie kauft es nicht, sie kauft ihm das Alibi nicht ab... (zu Carol) Laß uns gehen... Ich möchte nach Hause.

Außen. Abend. Straße.

Vor dem Hotel Waldron. Carol und Larry gehen noch einmal dort vorbei.

Larry: Ach, Gott, es fängt wieder an zu regnen... Ist das zu fassen?

Carol: Nein... denk doch mal nach... Nein, nein, nein.

Larry: Vielleicht verkaufen wir Ponchos, und zwar direkt von der Kühlerhaube aus oder so.

Innen. Tag. Ein Café.

Carol und Larry sitzen an einem Tisch.

Carol: So langsam beruhige ich mich wieder.

Larry: Also, ich wußte gar nicht, was da abläuft. Das

war wie in so einer Fernsehshow, wo man die Tür aufmacht und dann eine tote Leiche sieht. Und diese Shows hab ich ja immer verabscheut.

Carol: Ja, und ich habe auch in meinem ganzen Leben noch nie einen Toten gesehen.

Larry: Und ich ... Der einzige, den ich gesehen hab, war mein Onkel Morris, und der war 94 Jahre alt und hatte einen Zusammenbruch.

Carol: Ja ...

Larry: Wegen der Klumpen in seinem Haferbrei.

Carol: (lacht) Larry, ist dies das Aufregendste, was uns in unserer ganzen Ehe passiert ist?

Larry: (hustet) Es ist zu aufregend. Ich brauche das nicht. Ich hab lieber einen ruhigen Angelausflug oder den Vatertag, oder das damals, als wir Bing Crosby auf der Fifth Avenue gesehen haben. Also ich brauche keinen Mord, um ... um mein Leben zu beflügeln.

Carol: Ach, Gott, wenn Ted doch nur bei uns wäre. Der hätte tausend Theorien. Darauf kannst du Gift nehmen.

Larry: Ja, ich weiß. Ted hat ein Gehirn wie ein Stahlsieb.

Carol (angestoßen): Ach, findest du?

Larry: Weißt du, was ich denke?

Carol (mufflig): Nein ...

Larry: Ich denke, das wäre möglich.

Larry zeigt zum Hotel hoch. Die Kamera schwenkt auf die oberen Stockwerke.

Larry: Dieses Hotelzimmer lag auf der ... auf der Außen ... Am Ende des Ganges.

Carol: Was? ... Ja?!

Larry: Genau da oben. Das ist es.

Carol: Ich weiß.

Larry: Und wenn man die Leiche über das kleine Dach rausgebracht hat. Also, das wäre eine Möglichkeit. Somit wäre ...

Carol: (reagiert entsetzt)

Im Zimmer 611 geht das Licht an.

Carol: Warum geht das Licht ...

Larry: Oh ... Gott!

Carol: Larry, das Licht!

Larry: Ja ... Das ist gruselig, nicht?

Carol: Mein Gott ... mir läuft es eiskalt den Rücken runter, Schatz.

Larry: Ja, los, rufen wir die Polizei an.

Carol: Ich meine ... Oh, nein, nein, nein, nein. Komm jetzt. Wir gehen sofort rüber. Wir sehen da nach. Komm schon, wir haben keine Zeit.

Larry: Sehen da nach?!

Carol: Ja.

Larry: Was? Spinnst du denn?! Nein, ich werde nicht nachsehen.

Carol: Nein, aber sieh doch mal ... Larry, guck dir das an, das Licht ist an. Da.

Larry: Ja, ich sehe, ich sehe. Das ist ja Wahnsinn. Paß auf. Gehen wir doch nach Hause und schlafen. Und vorher rufen wir die Polizei an, und die kann nachsehen, während wir zu Hause im ...

Carol: Oh, nein, die Polizei geht ihren Dienstweg. Komm jetzt, das ist mein Fall, Schatz!

Larry: Was redest du da, das ist dein Fall?

Carol: Ja, es ist mein Fall!

Carol geht wieder zum Hotel zurück. Larry läuft ihr hinterher.

Larry: Los, komm her, nein. Ich will das nicht.
Carol: Nein, komm schon.
Larry: Nein.
Carol: Ach, Gott, wenn doch nur Ted bei uns wäre.
Larry: Hey, hör jetzt auf mit Ted. Ted würde mit den Zähnen klappern vor Angst.
Carol: Ted... oh, Gott.
Larry: Und ich zittere nur wie Espenlaub.

Innen. Abends. Empfang des Hotels Waldron.

Carol: (seufzt; sie räuspert sich und möchte beim Portier Aufmerksamkeit erregen) Ach, entschuldigen Sie, wir sind von der Polizei. Wir würden gern das Zimmer 611 überprüfen.

Der Portier ist ein einfacher, bulliger Mann. Er spricht stark Akzent.

Portier: Sie waren doch schon mal hier.
Carol: Ja, ganz recht, ja, hm, ja.
Portier: Sie sind von der Polizei?
Carol: Äh, ach, äh, na ja, äh, zeig ihm deine Karte.
Larry: Meine was?
Carol: Dei... deine Karte... Dei... deine Polizei-Identifikationskarte.
Larry: Ja, ich, ähm, ja, äh, Moment...
Carol: Deine Karte, weißt du, die Karte.

Larry holt irgendeine kleine Karte aus der Innentasche seines Jacketts.

Carol: Er hat ja seine Karte.
Portier: Okay.
Carol: Ja. Sehen Sie. Vielen Dank. 611. Okay, danke.

Portier: Stimmt da was nicht?

Larry: Nein, nein, nein, nein. Ich b... ich ... ich ... ich bin nur... ich bin Detective. Man ... wir... Sie haben jetzt die Mindestgröße dafür runtergestuft, darum bin ich...

Carol ist schon in Richtung Fahrstuhl gegangen.

Larry (zum Portier): Ich nehm die Karte wieder an mich. Die sind ... sind teuer.

Carol (off – ungeduldig): Nun komm doch!

Carol wartet vor dem Fahrstuhl.

Innen. Abend. Hotelflur.

Carol und Larry schließen das Zimmer 611 auf.

Carol (geflüstert): Okay.

Larry: Sei vorsichtig.

Carol (etwas lauter): Das mußt du mir gerade sagen.

Innen. Abend. Hotelzimmer 611.

Carol: Und jetzt mach bloß nicht wieder was kaputt, ja, Larry?

Larry: Ich mach gar nichts kaputt. Ich lass'... ich hinterlass' hier nur ein paar Fingerabdrücke, damit man uns bei einem Prozeß überführen kann.

Carol (leise, für sich): Okay, ich sehe mich hier jetzt mal um. (zu Larry) Paß auf. Der Mörder muß sich in dem Schrank da versteckt haben, nicht?

Sie sieht in den Schrank.

Larry: Das gefällt mir gar nicht!

Carol: Ja, und dann muß er...

Larry: Gehen wir doch. Du weißt, ich muß morgen früh raus. Ich muß in die Synagoge.

Carol: Okay, dann zog er die Leiche nach draußen, und zwar sehr schnell.

Larry: Pst...

Das Zimmer wird aufgeschlossen. Larry hat sich zur Verteidigung eine Lampe gegriffen. Die beiden stehen hinter einem Mauervorsprung an der Tür.

Carol (geflüstert): Was?

Ein älteres Zimmermädchen kommt in das Zimmer. Larry stürzt mit der Lampe auf sie zu und läßt sie fallen.

Zimmermädchen: (schreit entsetzt)

Larry: Entschul... Entschuldigung.

Carol: Oh, Gott, was...

Larry: Ich bin, äh, ich wollte ni... Ich, oh, das ist, ist ein...

Carol: Oh... Hi... ja... ja... ja.

Larry: Sie brauchen das Bett nicht zu machen, das ist nicht nötig. Und kei... keine Croissants morgen zum Frühstück. Hier, hier, hier, das ist für Sie. Die Handtücher sind schön. Und sorgen Sie für Pralinennachschub auf dem Kopfkissen. Äh...

Carol: Oh, Gott... Larry... also wirklich...

Larry: Ich... ach... Laß uns jetzt gehen.

Das Zimmermädchen verläßt eilig das Zimmer.

Carol: Okay, nur noch... laß mich... ach, ich weiß, laß mich nur...

Larry: Darum war das Licht an. So ein Irrsinn. Wir kriegen noch Ärger.

Carol: Nur noch eine Sekunde, Larry. Ich möchte mich hier nur noch etwas umsehen.

Larry: Oh, nein... Oh, Gott... ach, guck mal. Ich hab was kaputt gemacht. Ich... Man wird mich verklagen.

Larry hat die Lampe kaputtgemacht. Er versucht, Ordnung zu schaffen.

Carol: Larry!

Larry: Äh, was?

Carol: Larry, hier, sieh mal!

Carol hat etwas gefunden.

Carol: Ich glaube, das ist ihr Ehering.

Larry: Woher weißt du das?

Carol: Woher? Ich hab ihn bei ihr gesehen.

Larry: Ach, ja?

Carol: Ja.

Larry: Herrgott...

Carol: Glaube ich jedenfalls.

Larry: Da siehst du, wie die Polizei hier jeden Winkel durchgekämmt hat! Wo hast du ihn gefunden?

Carol: Hinter der Tür lag er. Genau da.

Larry: Oh, nein. Nichts wie weg. Komm jetzt... Und nimm den Ring mit. Vielleicht hat noch ein Pfandleiher offen.

Carol: Das ist ja merkwürdig, sehr merkwürdig. Okay! Okay.

Innen. Abend. Hotel Waldron.

Carol und Larry fahren mit dem Fahrstuhl abwärts.

Carol: Ich hatte dir ja gesagt, daß die Polizei nicht sehr gründlich war. Die haben uns wahrscheinlich für irre gehalten. Ich meine, wir hatten keine Leiche, und, na ja, die erhalten sicher 50 Notrufe pro Minute. Warum sollen sie sich da um uns kümmern?

Larry: Keine Ahnung. Ich weiß nur, daß wir mit der Sache überfordert sind.

Carol: Aber...

Larry: Wir sollten nicht hier sein. Ich habe Angst. Es ist gruselig.

Carol: Ja.

Larry: Du weißt, was ich meine. Das hier geht, das könnte... Wer weiß, wer darin verwickelt ist. Das könnte weite Kreise ziehen, Carol. Das könnte so was werden wie... wie mit der Warren-Kommission oder so. Mir gefällt das nicht!

Carol: Doch nicht die Warren-Kommission... Oh, mein Gott!

Mit einem plötzlichen Ruck bleibt der Fahrstuhl stehen. Beide erschrecken sich.

Larry: Oh, Gott, was ist das?

Carol: Warte doch mal, okay. Ist gut. Also, paß auf. Ja, der, der Fahrstuhl sitzt vermutlich fest.

Larry: Warum halten wir denn? Warum halten wir denn?

Carol: Beruhige dich, Larry.

Larry (sehr erregt): Sag mir nicht, ich soll mich beruhigen! Ich... ich... ich bin weltberühmt für meine Klaustrophobie!

Carol drückt auf mehrere Knöpfe des Fahrstuhls.

Carol: Ist ja gut... Gut. Gut. Alles wird wieder gut.

Larry: Mach doch, drück irgendwo drauf.

Carol: Ich drücke ja schon.

Larry: Das gefällt mir nicht, gar nicht, gar nicht.

Carol: Ich weiß, ich weiß. Ist ja gut.

Larry: Du hast gut reden, aber ich kann nicht atmen. Ich hab eine Phobie.

Carol: Also die ... die Hauptsache ist, daß genug Luft im Fahrstuhl ist.

Larry: (atmet intensiv, scheint ohnmächtig zu werden)

Carol: Ach, Larry, ganz ruhig. Jetzt bloß keine Panik, okay ...? Keine Panik, verstehst du?

Larry: Ich kriege keine Panik, ich kriege nicht die Panik. Nein, keine Panik, ich ...

Carol: Mach dir keine Sorgen!

Larry: Ich bete jetzt schnell einen Rosenkranz. Ach ... (stöhnt und atmet intensiv)

Carol: Man wird uns schon helfen. Jemand wird uns helfen. Man wird uns hier finden.

Larry: Ach, mir ... mir gefällt das nicht.

Carol klopft an die Fahrstuhlwand und ruft.

Carol: Hallo!!

Larry: Tu doch was. Hör auf damit!

Carol: Hallo!! Hallo!

Larry: Mir gefällt das nicht. Okay, ich mach ... Ich laufe gerade über ein Feld. Ich sehe endlose Wiesen ...

Larry beginnt zu halluzinieren.

Carol: Oh, Gott ... das ist doch ... ja, ist ja ...

Larry: Ich sehe einen Hengst. Ich bin ein Hengst!

Carol: Pst! Sei ruhig, Larry!

Larry: Und eine ... eine kühle Brise umspielt mich. Ich sehe Gras! Ich sehe den Erdboden ...

Carol: Scht! Halt den Mund, Larry ...! Larry, halt den Mund und beruhige dich. In Ordnung? Du mußt jetzt ... Larry, halt die Klappe ...! Hallo! Hallo!

Larry: Weißt du, und du hast ... und du hast gesagt: Verhalt dich wie ein Polizist!

Carol: Ich weiß. Ja.

Larry: Ich hab nein gesagt. Du hast gesagt, tu so, als seist du ein Polizist. Du sagtest: »Zeig ihm deine Karte«. Und ich: »Welche Karte?«

Carol: Okay, warte doch mal. Ich weiß was. Also, ja, Larry, heb mich hoch. Heb mich hoch, und wir kommen da raus.

Sie zeigt auf die Deckenklappe des Fahrstuhls.

Larry: Du weißt doch, ich ka... (atmet ängstlich)

Carol: Wir schaffen es!

Larry: Ich komm durch so was nicht durch.

Carol: Doch!

Larry: Oh, nein! Nein, nein! Das geht nicht auf. Durch die Farbe ist das fest zu.

Carol: Doch, das schaffen wir. Ich schaffe es. Ich kriege das auf. Nein, warte. Nein, Larry!

Larry: Das geht... das geht, das geht nie, die gehen nie auf.

Carol: Komm jetzt. Los. Falte deine Hände zusammen. Mach die Hände zusammen!

Larry: Ich brauche Luft. Ich kann nicht atmen. Ich kann nicht atmen, ich kann nicht atmen!

Carol: Nein, nein, ist doch gut. Larry! Larry! Also das ist doch, ich muß das doch nur aufmachen, klar?

Sie deutet auf die Deckenklappe.

Larry: Ich werde ohnmächtig, weil ich überhaupt kei...

Carol: Los. Leg die Hände zusammen. Los, die Hände zusammen... Und dann hebst du mich hoch, ja?

Larry: Oh, Gott, oh...

Carol: Und fertig, warte mal, warte, warte!

Carol steigt auf Larrys gefaltete Hände.

Carol: (stöhnt laut)

Larry kann Carol nur sehr schwer heben.

Larry: Oh, Gott! Verzichte doch auf diese reichhaltigen Desserts!

Carol kommt nur mühevoll höher. Larry ist nicht der kräftigste.

Carol: Oh, warte mal! Warte doch! Warte, warte!

Larry: (atmet und stöhnt) Los doch, mein Leben zieht schon an mir vorüber!

Carol: (atmet und stöhnt)

Larry: Das Schlimmste daran ist, daß ich nur einen Gebrauchtwagen fahre.

Carol: Okay... Dieses blöde Ding müßte doch aufgehen.

Larry: Ich habe Angst!

Carol: (schreit spitz auf)

Die Deckenklappe hat sich geöffnet. Der Kopf und ein Arm einer Frauenleiche fallen hindurch und baumeln in den Fahrstuhl.

Carol: Oh, mein Gott!!

Larry: Um Gott... Oh, mein Gott, das ist sie!

Carol: Hier hat er sie also versteckt!

Larry: Oh, Gott! Klaustrophobie und eine Leiche! Das ist für den Neurotiker der Jackpot.

Plötzlich geht im Fahrstuhl das Licht aus. Das Bild ist völlig dunkel.

Carol: Ach! Ach, Larry, halt mich fest, ich habe Angst.

Der Fahrstuhl fährt wieder. Allerdings ohne Licht.

Larry: Wir fahren nach unten!

Carol: Oh, Gott, was ist los?

Larry: Wir fahren nach unten.

Carol: Oh, nein, drück nach oben, drück nach oben!

Larry: Nach oben? Ich seh' nicht mal meine Hand, wie soll ich da nach oben drücken!

Carol: Wir fahren bestimmt in den Keller, Larry!

Larry: Oh, nicht in den Keller! Ich möchte im ersten Stock aussteigen. Ich will da die Schuhe umtauschen.

Carol: Ach, was, was machst du denn?

Offensichtlich sind sie im Keller angekommen.

Larry: Das ist mir zu dunkel hier. Wo bist du ...? Ich geh wieder in den Fahrstuhl. Mir ist alles egal.

Carol: Ich weiß nicht, wo, Larry.

Larry: Ich sehe gar nichts!

Carol: Hier gibt's nichts zu sehen. Warte mal. Was machst du denn?

Larry zündet ein Streichholz an.

Larry: Oh!

Carol: He! Woher hast du denn Streichhölzer?

Larry: Das sind meine Streichhölzer. Die hab ich bekommen im ...

Carol: Moment mal, was ... Wann warst du im »Café des Artistes«?

Larry: Paß auf ... (er pustet das Zündholz aus) Ich habe ... Ja, ich war mit einem Autor ... mit einer Autorin im, im ...

Carol: Im »Café des Artistes«?

Larry: Ja, weil ... eine Franzö ... eine französische Autorin. Ein Autor.

Carol (nach einer kleinen Pause): Pst, pst, pst, pst, warte!

Larry hat ein neues Streichholz angezündet.

Larry (sehr leise vor sich hinmurmelnd): Wo sind ...? Ach, Gott!

Carol: Versuch's nach da.

Larry: Ich mag Keller mit astreicher Kiefertäfelung und einem Billardtisch. Weißt du, da kann man...

Carol: He, guck doch, guck, guck... Uh, hu... was... was ist das?

Larry: Was, wo? Ich... Nein... Nein, nicht weiter. Nicht so schnell. Ich mag das hier nicht. Es ist so unangenehm feucht.

Carol: Ach... ist doch nicht schlimm. Geh weiter, geh weiter.

Larry: Und es gibt so merkwürdige Geräusche hier. Ich weiß nicht, was das ist... Ich weiß nicht, daß...

Beide reagieren auf ein lautes Geräusch.

Larry: Oh, Gott!!

Carol: Beruhige dich!

Larry: Beruhigen? Sag mir nicht, ich soll mich beruhigen!

Carol: Da, mach das Licht an.

Larry hat jetzt den Lichtschalter gefunden. Das Licht ist wieder an.

Larry: Das... wa... wa... wa... ich weiß ni... Was hast du...

Carol: Laß mich mal ran. Wo... Oh!

Carol rüttelt an einer verschlossenen Tür.

Carol: Wir sind hier eingesperrt. Und was jetzt?

Larry: Ach, nur die Ruhe, die Ruhe, die Ruhe!

Carol: Was machen wir? Ist ja gut.

Larry: Nicht... Ich breche sie auf. Tritt zurück.

Carol: Aber vorsichtig.

Larry rennt erfolglos gegen die Tür.

Larry: Keine Sorge, das, das dauert nur 'ne Sekunde.

Carol: Tu dir nicht weh, tu dir nicht weh.

Larry: Tu dir nicht weh?! Das muß eine dieser modernen Türen sein.

Carol: Okay, nein, nicht. Komm hierher… Versuchen wir's hier.

Sie gehen durch einen anderen Kellergang.

Larry: Was will… Ach, Gott…

Carol (geflüstert): Bleib ruhig.

Larry: Ich… ich hör immer noch Geräusche.

Carol: Ruhig, Larry. Oh, was ist da unten?

Larry: Wo? Wohin gehst du? Laß mich nicht allein!

Carol: Laß mich mal sehen… Alles in Ordnung. Was? Oh…! Ich glaub wir haben's geschafft. Das ist wohl der Lieferanteneingang.

Larry: Na, dann… dann beeil dich!

Carol: Ich versuch es doch!

Larry: Schnell, mach auf!

Carol: Ich hab's, ich hab's!

Die Tür läßt sich öffnen.

Larry: Und jetzt in Trab übergehen!

Die beiden verlassen über eine Kellertreppe schnell das Haus und befinden sich auf einer nächtlichen Straße.

Außen. Nacht. Straße.

Carol: Los, komm. Komm.

Larry: Wo sind…

Carol: Na, guck doch. (reagiert entsetzt) Warte, warte… Siehst du das da?

Larry: Was?

Carol: Sieht ganz so aus, als ob jemand eine Leiche ins Auto legt.

Larry: Oh, Gott.

Carol: Ich schwör's! Guck doch. Da ist ein weißes Laken drüber.

Larry: Äh, ja.

Carol: Genau!

Die Kamera schwenkt auf das abfahrende Auto.

Carol (off): Komm mit!

Larry (off): Tatsächlich! Oh, Mann! Nichts wie weg hier!

Carol (off): Um Gottes willen! Warte, nein, guck doch mal!

Larry (off): Los, weg von hier.

Carol (off): Wir... wir verfolgen ihn. Komm!

Die Kamera schwenkt zurück auf Carol und Larry. Beide laufen.

Larry: Nein, nein, nein.

Carol: Ja... Nein. Komm jetzt.

Larry: Ich werde ihn nicht verfolgen. Ich werde ihn nicht... ich will ihn nicht verfolgen!

Carol: Nein, wir fahren hinterher. Ich schwöre, der hat eine Leiche im Wagen.

Larry: Ich weiß, ich hab's ja gesehen, daß...

Carol: Larry!!!

Larry: Ich will kein Auto mit einer Leiche darin verfolgen.

Carol: Komm jetzt! Beeil dich...! Beeil dich!

Larry: Nein, nein, das, das ist wahrscheinlich, das ist wahrscheinlich ein Mietwagen. Und eine Mietleiche.

Die beiden haben laufend ihr Auto erreicht und steigen ein.

Carol: So, rein... Ja, ja. Komm schon.

Außen. Abend. New York City.

Die George-Washington-Brücke aus dem Hubschrauber gesehen. Dichter Verkehr.

Larry (off): Oh, Gott! Ich kann nicht, ich kann ... ich kann das Auto nicht verfolgen.

Carol (off): Warum fährst du denn da lang? Los! Er ist direkt vor uns, da ist er!

Larry (off): Wo vor uns? Ich weiß gar nicht mehr, welches Auto ich verfolge. Ich ... du weißt, ich bin kein guter Fahrer. Ich kann niemanden mit dem Auto jagen. Ich baue bestimmt einen Unfall. Ich fahre, ich ... ich ramme bestimmt noch einen Schulbus oder so was.

Carol (off): Es ist jetzt Abend. Abends fahren keine Schulbusse.

Larry (off): Komm mir doch nicht so! Und was ist mit den Abendschulen?

Innen. Abend. Larrys Wagen.

Die Kamera blickt auf die Straße.

Außen. Nacht. Straße.

Larrys Wagen kommt an einem Stahlwerk an.

Larry: Du hast keinen Orientierungssinn, ich war ...

Carol: Na ja, nicht direkt, aber ich brauche keine Brille.

Larry: Du hast keinen Orientierungssinn.

Carol: Ja, keinen so großen. Aber jedenfalls ... nein,

ich habe doch einen Orientierungssinn. Er ist da lang gefahren.

Larry: Wo zum Teufel sind wir? Was ist das hier?

Carol: Ich weiß nicht, warum wir hier sind.

Larry: Ich auch nicht, aber...

Carol: Da ist es!

Larry: Was?

Carol: Sein Auto. Da steht es.

Larry: Woher weißt du, daß es seins ist?

Carol: Das ist sein Auto.

Larry: Ach, das ist sein Auto!

Carol: Es ist seins!

Larry: Ja, ja, ja.

Carol: Natürlich. Was machen wir jetzt? Laß uns aussteigen.

Larry: Moment mal, warte doch. Sei vorsichtig. Okay. Laß mich das Licht ausmachen. Sei vorsichtig. Ganz vorsichtig, sei vorsichtig, Carol.

Carol: Komm schon, es ist alles okay.

Carol und Larry steigen aus. Sie gehen an Pauls Wagen vorbei auf das Stahlwerk zu. Dann beginnen sie zu laufen. Aus dem Werk sieht man rote Lichter aufblitzen. Carol und Larry laufen hektisch durch das Stahlwerk.

Carol: Sieh doch! Da!

Ein großer Magnet hebt die Leiche von Mrs. House hoch.

Larry (off): Oh, mein Gott! Das ist die Leiche von Mrs. House! Los, komm. Wir müssen das Ding anhalten, bevor sie runterfällt.

Carol und Larry laufen entsetzt hin und her. Ein Bagger entleert sich über den Flammen eines Schmelzofens. Unter den zahlreichen Metallteilen befindet sich auch die Leiche von Mrs. House.

Carol: Oh, nicht doch!

Larry: Machen Sie's gut, Mrs. House!

Die Kamera zoomt auf die funkensprühenden Flammen. Schnitt. Larry und Carol blicken entsetzt auf den explosionsartigen Schmelzprozeß.

Außen. Nacht. Straße.

Vor dem Stahlwerk. Paul House startet seinen Wagen und fährt los. Carol und Larry haben das sehen können.

Carol: (reagiert entsetzt)

Larry: Das war Mr. House!

Carol: Ich weiß. Ich weiß, daß es Mr. House war.

Larry: Das war auf jeden Fall Mr. House!

Carol: Und was machen wir jetzt?

Larry und Carol laufen zu ihrem Wagen. Schnitt.

Außen. Nacht. Straße.

Carol und Larry steigen vor ihrem Haus aus dem Wagen.

Larry: Ich rufe jetzt sofort die Polizei an!

Carol: Ach, Larry, und was erzählst du denen?

Larry: Es ... es ist ein ...

Carol: Ich meine, dieser Kerl ...

Larry: Was sollen wir ...

Carol: Er hat doch schwarz auf weiß, daß seine Frau vor zwei Wochen an einem Herzinfarkt gestorben ist. Wir haben keine Leiche, wir haben nichts, Larry.

Aus dem Wohnhaus kommen in diesem Augenblick Paul House und Mrs. Dalton.

Larry: (reagiert entsetzt)

Carol: Was? Was, was ist denn? Also das... Oh, Gott, oh, mein Gott.

Paul sieht die beiden kommen.

Paul: Ach, hallo!

Carol: Hey!

Paul: Guten Abend.

Carol: Oh, guten Abend!

Paul: Darf ich Ihnen Gladys Dalton vorstellen, meine rechte Hand.

Carol: Mrs. Da... Guten Abend.

Alle begrüßen sich.

Mrs. Dalton: Hallo.

Carol: Freut mich sehr.

Paul: Das sind Larry und Carol, meine Nachbarn.

Carol: Ja.

Mrs. Dalton: Ja, freut mich sehr.

Paul: Wir haben gerade »Madame Bovary« gesehen... Wunderbar.

Mrs. Dalton: Eine so traurige Geschichte.

Carol: Ja, sehr traurig. Wir, wissen Sie...

Larry: Sie... sie... sie wird eingeäschert. Sie wird am Ende umgebracht.

Carol: Ja.

Paul: Ja. Ach, Sie müssen noch mal bei mir auf einen Drink reinschauen, bevor ich meine Reise mache.

Carol: Sehr gern.

Paul: Also, bis dann.

Carol: Wiedersehen.

Paul: Ach, noch was... Falls Sie von jemand hören, daß er eine Wohnung braucht, ich werde wahrscheinlich ausziehen.

Carol: Oh ... das, äh, das ist schade.

Paul: Wiedersehen. Komm bitte, Gladys ... Einen schönen Abend.

Carol: Wiedersehen.

Paul House entfernt sich mit Gladys Dalton auf dem Gehweg vor dem Haus.

Innen. Nacht. Carols und Larrys Schlafzimmer.

Die beiden sitzen aufrecht nebeneinander in ihrem Doppelbett.

Larry: Ach, Gott, war das ein Tag, hä? Ich werd aus der Sache nicht mehr klug.

Carol: Hmhm.

Larry: Also, entweder ist es so, daß er ...

Carol: Was?

Larry: Entweder ist sie ein Zwilling, oder er ist ein Zwilling.

Carol: Er ... er ...

Larry: Oder sie sind multiple Persönlichkeiten.

Carol: (reagiert unsicher)

Larry: Oder du bist ein Zwilling, oder ich bin ein Zwilling ... (lacht)

Carol (lacht laut auf): Du spinnst ja.

Larry: Denn ich blicke da wirklich nicht mehr durch. Weißt du ... hör zu!

Carol: Warte ... warte, ja. Ach, ich ...

Larry: Laß uns doch mal logisch vorgehen.

Carol: Gut, sie ist kein Zwilling. Das wissen wir ganz genau.

Larry (lächelnd): Hey!

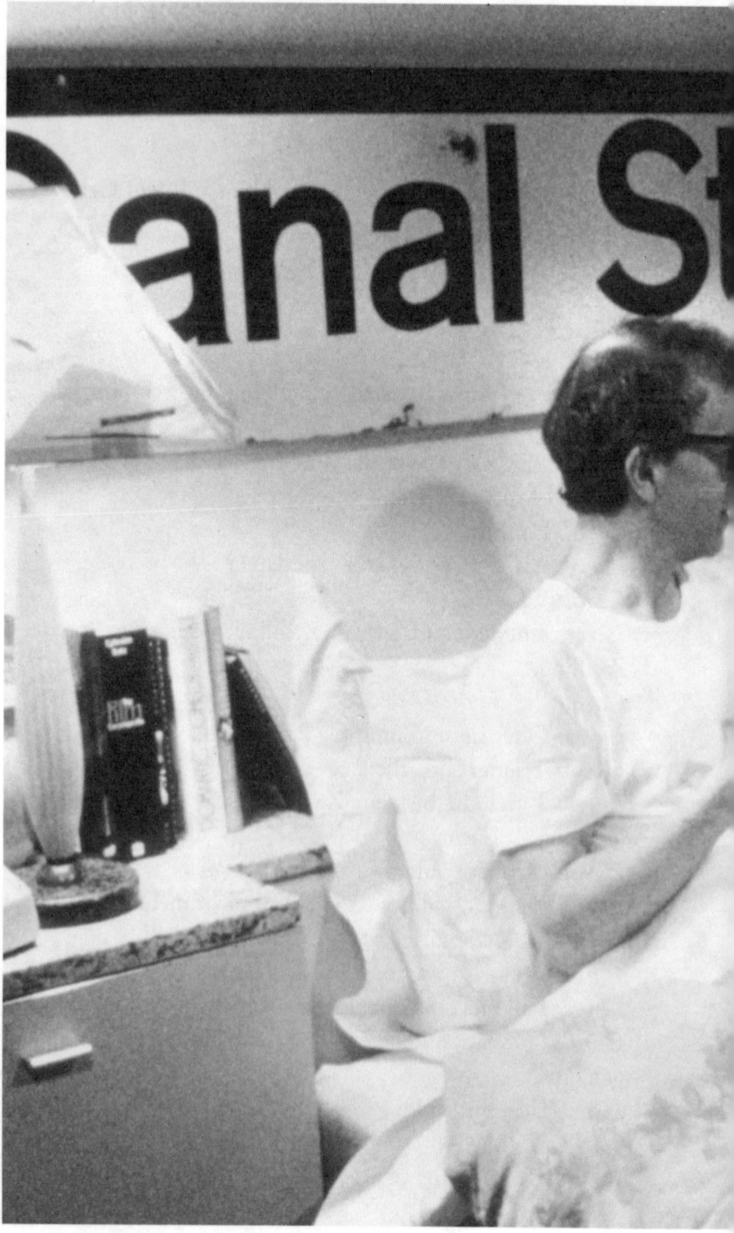
anal S

Carol: Was soll denn das, Larry?

Larry: Jetzt bleib mal ruhig. Ich versuch ja nur, das Puzzle...

Carol: Ich bin doch ruhig, Schatz. Okay, aber, okay! (lacht) »Sie ist ein Zwilling, sie ist kein Zwilling«. Und jetzt meinst du auch noch, wir sind Zwillinge. Bist du jetzt ganz durchgedreht?

Larry: Wir stehen nur unter Schock.

Carol: Okay... Ich bin ganz ruhig.

Larry: Ganz ruhig.

Carol: Ich bin ruhig. Okay.

Larry: Also, ich werde logisch vorgehen.

Carol: Ist gut, ist gut... Nur zu.

Larry: Also, der erste Punkt ist folgender...

Innen. Nacht. Flur des Wohnhauses.

Rückblende.

Der Abend des Todes von Mrs. House. Larry und Carol kommen nach Hause und treffen auf die Nachbarn und den Arzt.

Larry (off): Wir sind an dem Abend nach Hause gekommen, sie hatte einen Herzinfarkt. Was ist, wenn sie den herbeigeführt haben? Also mit irgendeinem Gift? Wir haben die Leiche nie gesehen. Es muß die einer anderen Frau gewesen sein. Also eine... irgendeine Frau, die wahrscheinlich eine vage Ähnlichkeit mit Mrs. House hatte. Der Hausmeister behauptet, er hat sie gesehen, aber er ist ja ein Säufer. Mrs. House konnte sich irgendwo versteckt haben.

Innen. Nacht. Carols und Larrys Schlafzimmer.

Carol (nachdenklich): Oooh.
Larry: Und du ... du weißt noch, daß du nachts ein Geräusch gehört hast. Das war bestimmt Mrs. House, als sie dann in dieses Hotel gegangen ist.
Carol: Ja ... Oh, ja ... Und?
Larry: Ich kann nicht schlafen, ich bin zu ... ich ... ich bin zu ... ich bin zu unru. . .
Carol: Nein, warte mal, warte. Das ergibt doch nun gar keinen Sinn, Larry. Denn plötzlich ermordet er sie. Ich meine, warum dann überhaupt?
Larry: Laß mich ... laß uns in »Vincent's Restaurant« in New Jersey anrufen, und dann treffen wir uns da ... mit Ted und Marcia, essen etwas und besprechen das mit ihnen.
Carol: Moment mal. Um ein Uhr morgens!?
Larry: Ja, na und? Na und? Das ist doch so: Ted ... Ted wollte mit ihr erst in eine Show und dann erst essen gehen. Also sind sie auch noch da. Also ... he, Kleine! Das hier ist New York. Das ist die Stadt, die niemals schläft. Deshalb wohnen wir ja auch nicht in Duluth.
Carol: Was redest du denn da bloß? Du meinst ... du willst extra rausfahren bis nach New Jersey, um ... Marcia!
Larry: Außerdem weiß ich gar nicht, wo Duluth liegt. Gott sei Dank!

Larry greift zum Telefon und stößt mit dem Kopf gegen die Nachttischlampe.

Innen. Nacht. »Vincent's Restaurant«.

Marcia, Ted, Carol und Larry sitzen an einem Tisch.

Ted: Ihr habt wirklich sein Gesicht gesehen? Ihr habt gesehen, wie er aussieht? Ihr seid euch sicher? Ihr wißt genau, wer er ist?

Carol: Ja, ja, sicher. Ich bin hergekommen, damit ich mit euch ...

Larry (unterbricht): Oh, nein, da gibt's keinen Zweifel. Das war ... das war Mr. House. Da besteht wirklich kein Zweifel.

Ted: Das ist ja unglaublich ... Unglaublich!

Larry: Also, man konnte ihn erkennen. Weil, äh, das war ... war schlichtweg einfach unvermeidlich. Er war direkt vor uns.

Marcia: Für mich ist das ganz klar.

Larry: Was ... Und wie sehen Sie ...

Ted: Wieso klar? Inwiefern?

Marcia: Er hat eindeutig den perfekten Mord begangen.

Larry (sehr leise): Und wieso?

Ted (sehr verkaut): Was, wie? Wie meinen Sie das?

Marcia: Also, paßt auf ... Zunächst braucht man eine zweite Frau, die eine vage Ähnlichkeit besitzt mit Mrs. House.

Ted: Ja.

Larry (sehr eifrig): Hab ich ja gesagt. Genau das ... genau das waren meine Worte: Eine vage Ähnlichkeit. Das war meine Idee. Ich sage genau das gleiche.

Carol (off – ziemlich gelangweilt und genervt): Ich weiß, daß das deine Worte waren, ja.

Marcia: Sie sind mit dieser Frau zusammen.

Ted: Ja.

Innen. Abend. Die Wohnung des Ehepaares House.

Rückblende.

Paul und Lillians Schwester sitzen am Tisch beim Abendessen. Lillian gibt ihrer Schwester und Paul je ein Glas Rotwein.

Marcia (off): Vielleicht essen sie etwas, sie beeinflussen keinen Herzanfall. So einen Quatsch gibt es nur in Romanen. Nein, sie bekommt einen Herzanfall. Sie bricht schnell tot zusammen. Sie hatten nicht geplant, sie umzubringen. Vielleicht hatten sie sich ihren Tod gewünscht.

Ted (off): Warum?

Marcia (off): Keine Ahnung. Vielleicht hätten sie von ihrem Tod finanzielle Vorteile.

Ted (off): Hm.

Marcia (off): Sie erkennen jetzt die einmalige Möglichkeit.

Lillian House entkleidet ihre tote Schwester und zieht ihre Sachen an.

Marcia (off): Mrs. House zieht der Frau ihre Kleider an. Sie versteckt sich.

Larry (off): Das ist auch meine Theorie. Genau meine Theorie.

Marcia (off): Genau. Sie geht in ein Hotel.

Innen. Nacht. »Vincent's Restaurant«.

Die beiden Paare sitzen am selben Tisch. Das Restaurant ist inzwischen sehr leer.

Carol: Ja, soweit waren wir auch schon. Mit Ausnahme dieses zufälligen Herzinfarkts.

Marcia: Okay... Und ihr wißt, daß der Mann diese Reise nach Paris mit der schönen jungen Frau plant.

Ted: Ja.

Larry: Ja.

Marcia: Er betrügt also seine Frau.

Ted: Ja.

Carol (räuspert sich ungeduldig)

Marcia: Anstatt den gemeinsamen Plan zu Ende zu führen, treibt er ein doppeltes Spiel und bringt sie um. Und so kassiert er auch noch ihren Anteil.

Ted (zu Marcia): Dann denken Sie also, daß... daß Helen Moss auch mit drinsteckt, ja?

Marcia: Ja, höchstwahrscheinlich weiß sie davon.

Carol: Aber was ist mit Mrs. Dalton? Er war angeblich mit ihr im Kino.

Marcia: Sie ist sein Alibi.

Ein Kellner geht am Tisch und an der Kamera vorbei.

Marcia (lächelt): Und zwar für den Zeitraum, in dem er seine Frau erwürgt hat. Sie sagt, er hätte den ganzen Tag gearbeitet.

Larry: Richtig, er hat sie als seine Kollegin vorgestellt... Er meinte, sie sei...

Ted: Wartet... War... warum sollte sie...

Marcia: Eine Kollegin, die ihn vielleicht liebt.

Carol (sehr ungläubig): Ooooh, Gott!

Ted: Wartet, wartet! Er betrügt sie nämlich auch.

Larry: Dann betrügt er zwei Frauen?

Ted: Ja, ja, ja, das ist perfekt. Das paßt alles zusammen.

Larry: So sieht er aber gar nicht aus.

Marcia hat sich eine Zigarette angesteckt.

Marcia: Aber ihm gelingt tatsächlich der perfekte Mord... Es gibt keine Leiche, um irgendwas zu beweisen...

Ted: Genau.

Marcia: Und alle amtlichen Dokumente sind vollkommen wasserdicht. Er steht ganz sauber da.

Ted: Donnerwetter... oh... (zu Larry) Wo hast du diese Frau bloß entdeckt?! Sie ist ein Genie.

Der Kellner geht wieder an der Kamera und an dem Tisch vorbei.

Larry: Sie ist brillant. Sie ist brillant, aber der Kerl... Er weiß, daß wir es wissen, also auch, daß wir hinter ihm her sind.

Marcia: Das interessiert ihn nicht. Warum auch?

Carol: Ja.

Ted (nachdenkend): Mhm.

Marcia: Alle Beweise sind beseitigt. Und er steht sauber da... Nur er und vielleicht seine Geliebte kennen die Wahrheit.

Ted: Mhm.

Carol: Na, ja...

Larry: Sie hat recht, es gibt keine Leiche.

Carol: Also, Moment, eine Sekunde. Wir wissen nicht, ob das alles so ist. Das ist nur eine Theorie.

Larry: Ja, aber eine sehr gute Theorie. Hast du aufgepaßt? Das ist eine tolle Theorie.

Carol (etwas beleidigt): Ich passe schon auf.

Ted: Oh, ja. Sie klingt einleuchtend. Alles ist wasserdicht. Alles paßt zusammen.

Larry: Es ist eine tolle Theorie.

Marcia: Wenn ich von der Toilette zurück bin, sag ich euch, wie wir ihn schnappen.

Larry (bei Marcias Aufstehen): Oh, Verzeihung ...

Marcia steht auf und geht. Larry und Ted erheben sich.

Larry (über Marcia): Tja, unglaublich. Sie ist unglaublich, nicht? Ihr Verstand arbeitet von ganz allein.

Ted (zu Larry): Wo ... wo hast du sie nur entdeckt? Sie ... sie ist ... sie ist ganz einmalig. Ja, sie hat eine Idee nach der anderen. Ein Gedanke führt direkt zum nächsten.

Larry: Phantastisch.

Carol (sehr ironisch): Ich bin überrascht, daß ihr zwei ihr noch nicht die Zehen küßt.

Larry: Ach, nun sei nicht so ...

Ted: Ach, ich finde, das ist ein sehr gelungenes erstes Rendezvous. Das ...

Carol: Warum?

Larry: Es mußte zwischen den beiden funken.

Carol: Aha ... ja ... ja, bei ihm.

Larry: Ich ... ich wußte es.

Carol: Ja, aha. (zu Larry) Aber was ist mit dir? Du hockst schon fast auf ihrem Schoß. Ich seh das doch, Larry.

Ted (lacht amüsiert)

Larry: Was soll denn das?

Carol (nachbohrend): Häh?

Larry: Ich bin ... ich bin ... Was ist bloß los mit dir? Ich bin ihr Lektor, ich bin ... ich bin eine Vaterfigur für sie, das ...

Carol: Ja, es hätte nur noch gefehlt, daß ihr beide euch die Hände reibt. Mehr nicht!

Larry: Das ist doch wohl ein Scherz, was ... Heißt das, du bist eifersüchtig auf Marcia?

Carol: Ich ... Nein, eifersüchtig bin ich nicht.

Ted: Kinder! Kinder, Leute, Leute, was soll denn das?

Larry: Was hast du denn nur?

Carol: Na, du hast gut reden! Mein Gott! Du starrst ihr andauernd in die Augen, als sei sie die Drachenlady oder so was.

Larry: Was hast du bloß? (auf Ted zeigend) Bist du eifersüchtig, weil er ... an ihr interessiert ist?

Carol: Ich bin überhaupt nicht eifersüchtig, Larry.

Ted: Ich finde ihre Theorie interessant. Was ... Ich weiß nicht ... was hast du ...

Carol: Ich würde zu gern wissen, ob du mit all deinen ... Autoren zum Lunch ins »Café des Artistes« ...

Marcia kommt sehr dynamisch an den Tisch zurück.

Marcia: Okay, ich hab's!

Larry: Was, wir ...

Ted (leise): Ach, ja, Marcia, wie interessant ...

Marcia: Hier ist die Lösung: Da er so davongekommen ist, können wir nur noch bluffen. Solange wir keine Leiche haben, können wir nichts beweisen.

Ted: Wie ... wie meinen Sie das ...? Was sollen wir ... Tun wir so, als ob er einen Fehler gemacht hat und der geschmolzene Stahl sie nicht beseitigt hat. Was ... was meinen Sie?

Marcia (off): Ja, das wäre möglich.

Carol: (reagiert abwehrend)

Marcia (off): Er hat Sie gesehen. Er weiß, daß Sie hinter ihm her sind.

Die Kamera schwenkt Marcia wieder ins Bild.

Marcia: Nachdem er weg war, könnten Sie die Leiche da rausgeholt haben.

Larry: Ach, Unsinn! Ich … Wir hätten die nie rausgekriegt. Wir … Dann gäbe es von uns nur noch ein paar Knöchel und höchstens eine Schulter … Und bestimmt hätte ich mir auch die Finger verbrannt.

Marcia: Also, das … Okay, okay! Ob Sie die Leiche haben, weiß er doch nicht. Er hatte bestimmt viel zu viel Angst, um noch klar denken zu können. Er ist doch Amateur.

Die Kamera schwenkt wieder auf den begeisterten Ted. Carol hingegen blickt sehr zweifelnd.

Marcia (off): Er warf die Leiche hinein und rannte weg. Und irgendwie, wer weiß schon die Details, haben Sie beide sie rausgeholt.

Carol: Ach ja …

Marcia (off): Jetzt könnt ihr ihn auf den elektrischen Stuhl setzen.

Carol (sehr eifrig): Okay, okay, aber …

Ted: Diese Frau gefällt mir. Sie ist ausgekocht.

Carol: Ich sag euch jetzt mal, warum er uns nicht glauben wird, ja?

Larry: Ja, erst mal kann ich gar nicht … Ich kann nicht bluffen oder lügen, ohne loszukichern. Und so …

Carol: Ja … Nein, weil … falls wir wirklich die Leiche hätten, warum sollten wir's ihm sagen? Warum gehen wir dann nicht direkt zur Polizei?

Marcia: Wenn Sie es der Polizei sagen, können Sie ihn nicht erpressen.

Schnitt. Zwei ältere Herren an einem Nebentisch lauschen sehr interessiert dem Gespräch.

Ted (off): Oh, sie ist ja teuflisch! Also, paßt auf ... die Sache läuft so ... Wenn ihr zur Polizei geht, was habt ihr dann davon? (on) Ich meine, viel ... vielleicht steckt ... man ihn ins Gefängnis. Was habt ihr davon? Ihr habt gar nichts davon.

Larry: Genau.

Ted: Und wenn er das Beweisstück zurückhaben will, dann muß er dafür bezahlen. Und dann ... dann wird er nervös, nicht?

Carol: Ja, aber es gibt doch viel zu viele Eventualitäten. Die sind ja gar nicht mehr aufzuzählen.

Ted: Welche zum Beispiel?

Die Kamera schwenkt auf Marcia und Larry.

Carol (off): Zum Beispiel? Er schaut uns treu in die Augen und sagt: »Welche Leiche? Was zum Teufel reden Sie da? Beweisen Sie es!«

Marcia: Na, dann werden wir weiterbluffen.

Ted (off): Was? Wie? Wie denn?

Marcia: Wir zeigen ihm die Leiche.

Larry: Ja, und woher kriegen wir die? Von Madame Tussaud?

Carol (off): (lacht) Ja!

Ted (off): Wir zeigen ihm die Leiche.

Marcia: Ach ... Angenommen, wir finden jemanden, der die Geschichte bestätigt.

Carol (off – abwehrend, ironisch): Ach, tatsächlich.

Marcia: Jemanden, dem er vertraut.

Carol (off): Wen zum Beispiel?

Die Kamera schwenkt auf Carol und Ted.

Marcia (off): Zum Beispiel seine Geliebte. Wenn sie ihn anruft und sagt: Paul, ich habe gerade Lillians Leiche gesehen. Die wollen 100 000 Dollar dafür haben.

Carol (reagiert abwehrend)
Ted: Wieso ... wieso sollte sie das sagen?

Marcia wendet sich an Larry.

Marcia: Erinnern Sie sich an das Buch, das Sie mir empfohlen haben? »Mord in Manhattan«?
Larry: Oh, ja! Das von Max Schindler, genau, dieser Anruf!
Carol (off): Ich kenne dieses Buch gar nicht.
Larry: Das ist perfekt.
Carol (off – eingeschnappt): Mir hast du nie von dem Buch erzählt.
Larry: Nein, nein! Weil du keine Unterhaltungsromane magst, deswegen hab' ich nie ...
Carol: Seit wann mag ich keine Unterhaltungsromane, Larry?
Ted (unterbricht): Ich kenn ... ich kenn das Buch nicht. Was ist das für ein Buch?
Larry (off): Dieses, dieses Buch ... Das ist phantastisch. Das wäre perfekt, weil sie ... sie ... sie ... sie ist ja Schauspielerin oder möchte es sein, und du ... du ...

Larry zeigt auf Ted.

Larry: Ja, wir ... wir benutzen sein Theater. Er schreibt Stücke. Das ist doch perfekt. (zu Ted) Dein Theater steht ja sowieso die ganze Zeit leer.
Carol (ironisch abwehrend): Ach, Gott!
Ted: (zu Larry) Ach ja, danke schön, ganz reizend. Was re... Worum geht's hier überhaupt? Was meinst du denn, was ... was soll das?
Larry: Hört mal zu ... (zu Ted) Du ... du machst folgendes: Wir laden sie zu einem angeblichen Vorsprechen ein. Und du schreibst ein bißchen Text, der gar nichts bedeutet.

Ted (off): Ja.

Larry: Und sie spricht den Text und weiß nicht, was es soll. Und wir nehmen das auf Cassette auf.

Carol: (kritische Reaktion)

Larry: Hör genau zu!

Carol (off): Ich höre ja zu!

Larry: Und dann schneiden wir das zusammen. Wir schneiden diese Aufnahme. Und zwar so, als würde sie telefonieren.

Die Kamera schwenkt auf Carol und Ted.

Larry (off): Und spielen das bei einem Telefongespräch mit Mr. House ab.

Carol: Was...

Ted: Das steht in dem Buch?

Larry: Das ist perfekt! Hört doch...

Carol: Ach, Blödsinn! (off) Das, das kann nie im Leben was werden. Das funktioniert doch nie im Leben.

Die Kamera hat zurück auf Marcia und Larry geschwenkt. Dann wieder auf Carol und Ted.

Carol: Auf keinen Fall! Ihr wißt ja nicht, was er sagt!

Marcia (off): Ja, doch...

Ted: Das ist gut.

Carol: Was wird er sagen?

Ted: Das ist köstlich.

Marcia: Im Buch benutzen sie mehrere Cassettenrecorder.

Carol (off): Im Buch?

Marcia: Wir koordinieren sie.

Carol (off): Ja, im Buch!

Larry: Die werden koordiniert.

Carol (lachend, ungläubig): Das heißt also, euer Plan stammt aus irgendeinem blöden Taschenbuch.

Ted (sehr verlacht): Das ist toll, das ist toll.
Larry: Ja, sicher.
Carol: Also ich ... Nein, wirklich.
Ted: Ich finde ... Nein, es ist toll.
Carol: Oh, ach ...

Die Kamera geht wieder auf Marcia und Larry.

Marcia: Der Mord ist ihm nicht zu beweisen. Unsere einzige Chance ist die, daß er wieder versucht zu morden, um seine Spuren zu verwischen.

Schnitt. Zwei Kellner lauschen verblüfft dem recht lauten Gespräch der beiden Paare.

Larry (off): Toll! Wir müssen ihn provozieren, wieder zu morden, und die erwischen ihn beim zweiten Mal.
Marcia (off): Genau. Beim ersten Mal ist er davongekommen.
Carol (off): Wir provozieren ihn?!

Schnitt. Die Paare sind wieder im Bild.

Larry: Dazu fällt mir was ein.
Carol: Was?
Larry: Also, in diesem Buch ... da spielt sich das so ab, das fällt mir jetzt auf, daß er ... die ... die zwei Leute umbringt, die ihn mit dem Trick überführen wollen.
Ted: Na ja, aber das ist doch nicht weiter schlimm.
Carol: Aber ...
Larry: Ähm, na ja, ich weiß nicht. Entweder doch, oder ich ... ich kriege gerade die Parkinsonsche Krankheit. (Lächeln)

Larry prüft die Gelenkigkeit seiner Hände.

Ted: Nein, wir schaffen das. Wir werden mit ihm fertig. Es ist unglaublich. Das ist eine unglaubliche Idee.
Marcia (sehr entschieden): Das ist perfekt. Er weiß, ihr verfolgt ihn, und ihr wollt abkassieren.

Carol: Nein, nein!

Marcia: Er will euch umbringen, wir schnappen ihn.

Ted: Das ist toll. Es ist toll. (zu Marcia) Sie sind wundervoll. Also, ich bin überwältigt.

Carol: Ich, äh ...

Marcia: Ja.

Larry greift sich beunruhigt an den Hals und die Brust.

Carol: Ich ... ich möch...

Marcia (unterbricht): Entweder so, oder er kommt doch davon.

Ted: Ja.

Carol: Ja, wart... wartet. Ihr meint also ...

Ted: Es ist großartig.

Carol: Wartet, nein ... Was ihr sagt ... Oh, Mann! Ihr sagt, ihr wollt dann Mr. House zu weiteren Morden provozieren, und zwar an Larry und mir.

Marcia: Ja, das ist perfekt. (zu Larry und Carol) Ihr habt doch keine Angst, oder?

Larry: Nein, nein, nein, nein, ich hab keine Angst, keine Angst. Ich laß es mir nur noch mal durch den Kopf gehen, und dann besprech ich es noch mit meinem Geistlichen, bevor wir zur Tat schreiten.

Carol (lächelt resignierend)

Marcia (lacht etwas)

Ted (schmunzelt)

Außen. Tag. Straße.

Helen Moss telefoniert von einem öffentlichen Fernsprecher aus.

Helen: Hi, äh, B-24? Waren Anrufe? Ach, wirklich?

Ein Vorsprechen, wofür? Hat er das gesagt? ... Okay, okay, okay, bleiben Sie dran, ich nehme mir einen Stift. Also ...

Sie holt ihren Terminkalender aus ihrer Tasche.

Innen. Tag. Teds Theater.

Eine Schauspielerin sitzt an einem Tisch auf der Bühne und telefoniert. Sy, Carols und Larrys Freund, steht an einer Videokamera und dreht ihren Monolog.

Schauspielerin: Ja, aber das hab ich mir jetzt lange genug angehört.

Sie legt den Hörer auf. Die Kamera schwenkt auf einen Regietisch, an dem Ted und Marcia sitzen. Daneben Marilyn und eine Reihe dahinter Carol.

Ted: Gut, sehr schön. Danke, Suzanne. Danke.

Marcia: Wir rufen Sie an. Sie sind Suzanne Raphael, nicht wahr?

Ted: Ja, gut, danke sehr.

(flüstert zu Carol und Marilyn) Die nächste ist jetzt Helen Moss.

Die Kamera schwenkt auf die Bühne. Helen Moss betritt die Bühne.

Larry (recht laut, zum Regietisch): Das ist Helen Moss!

Marilyn (off): Hi.

Helen: Hi.

Carol (off): Hi.

Ted (off): Hi.

Marcia (off): Hi, Helen.

Helen: Hi ... hi.

Schnitt. Ted geht vom Regietisch zu Helen auf die Bühne.

Ted: Äh, haben Sie... ich weiß, ich weiß, Sie haben den Text gerade erst bekommen... Äh, na ja, erst im... erst im letzten Moment, aber, äh, hatten Sie Zeit, ihn, ihn schon etwas durchzugehen?

Helen: Ja, ja, äh, das habe ich, aber, äh, ich hab noch ein paar Fragen.

Ted: Gern. Ja.

Helen: Ist sie geschieden in dem Stück?

Ted: Äh... ja. Ja.

Helen: Äh, seit kurzer Zeit?

Ted (etwas zögerlich): Ja. Ja... Aber sie ist sehr... äußerst... äußerst gefühlsbetont.

Helen: Ja.

Ted: Wissen Sie... wirklich, äh, sehr stark...

Helen (atmet intensiv durch): Hhm.

Ted: Eine Menge Gefühl. Sehr stark... Hhm?

Helen: Oh... soll ich jetzt anfangen?

Ted: Ja, dann... dann, wenn Sie sich soweit fühlen. Wenn Sie da wirklich drin sind.

Helen (atmet zum Lockerwerden übertrieben durch)

Ted: Gut, also so...

Ted spricht flüsternd mit Sy, dem »Kameramann«.

Helen: (atmet intensiv)

Helen fährt sich durch die Haare und greift zum Telefon. Sie wählt hektisch.

Helen: »Hallo... Joe? Ich... ich wollte nur... ich...«

Ted (off – unterbricht): Äh, ich darf Sie gleich unterbrechen, Entschuldigung. Ich, äh... Würden Sie viellei... Wenn Sie angsterfüllter anfangen, dann kommen Sie genau dahin, wo Sie hin wollen.

Helen: Gut … Gut. (atmet wieder übertrieben intensiv) (sehr hektisch und außer Atem) »Hallo, Joe?! (atmet aufgeregt) Ich kann jetzt nicht viel sagen …, und wenn ich mich eigenartig anhöre, sei nicht beunruhigt.«

Schnitt. Larry sitzt jetzt mit einem Manuskript neben Helen. Sie spielen eine Szene durch.

Helen: Gib mir deine Hand. Halte durch! Versuch nicht zu fallen. Halt dich fest.

Larry: Ich versuch's ja, ich versuch's ja!

Helen: Schnell doch!! Schneller!

Schnitt. Helen spielt eine neue Szene.

Helen: »Sie verlangen 200 000 Dollar dafür, ja … Sie sagen, es sei ein Monet, aber ich sag dir, es ist eine Fälschung.«

Schnitt. Über den Rücken von Helen blickt man auf Sy, der dreht, und die anderen, die im Zuschauerraum zuhören.

Helen (ziemlich ergriffen): »Seit Joe aus Vietnam zurück ist, hüllt er alles in einen Trauerflor … Wie dunkle Gewitterwolken über St. Paul …«

Außen. Nacht. The Tape House.

Innen. Nacht. The Tape House.

In einem Schneideraum betrachten Carol, Marilyn, Ted, Larry und Sy die Szenen mit Helen Moss.

Helen: Hallo … Joe? Ich kann jetzt nicht viel sagen, und wenn ich mich eigenartig anhöre, sei nicht beunruhigt.

Sy hält das Band an und spult zurück. Er fährt wieder vor

und hält wieder an. Dieser Vorgang wiederholt sich mehrfach. Die Freunde versuchen, die Aufnahmen in die gewünschte Form zu schneiden.

Helen (vom Band): Hallo, Paul... Ich kann jetzt nicht viel sagen, und wenn ich mich eigenartig anhöre, sei nicht beunruhigt.

Sy klebt schließlich das Tonband entsprechend zusammen. Und alle hören den manipulierten Text:

Ted (lacht begeistert)

Carol (abwägend, dabei nicht sonderlich begeistert): Hm...

Marcia: Perfekt.

Ted: Ganz toll.

Marcia: Großartig, großartig.

Carol (zu Larry): Na ja, es ist... 'tschuldigung. Tja, nicht schlecht, ja, okay.

Marcia: Großartig, Sy.

Larry (leise): Also, das ist... ist doch phantastisch.

Marcia: Phantastisch!

Innen. Tag. Ein Taxi.

Marcia und Ted beobachten Helen Moss vom Wagen aus.

Marcia (off): Da ist sie.

Ted (off): Wo?

Marcia (off): Du mußt sie den ganzen Nachmittag beschäftigen.

Ted (off): Ja, ja, ist gut. Ja, ja, ja. Ich, ich werde eben improvisieren, weißt du.

Marcia (off): Okay, das kann ja nicht so schwer sein. Du bist Autor, und sie hungert nach einer Rolle.

Ted (off): Weißt du was? (on) Ich... ich werd über das Stück reden oder sie dazu bringen, daß sie über die Rolle spricht. Also über ihr Leben.

Marcia: Okay.

Ted: Ich laß sie über ihr Leben reden und ihren ganzen Background.

Marcia: Gut.

Ted fordert den Fahrer auf anzuhalten.

Ted: Halten Sie an, ich steig hier aus.

Marcia: Gut, wir sehen uns dann später. Gut.

Ted: Gut. Und viel... viel Glück bei deiner Sache.

Marcia: Ja, wünsch ich dir auch.

Ted steigt aus.

Innen. Tag. Marilyns und Sys Wohnung.

Marcia, Sy und Carol hantieren mit Cassettenrecordern.

Sy: So, hier, nimm du den hier.

Carol: Also, dafür bin ich zuständig, ja?

Marilyn bietet etwas zu essen an.

Marilyn: Hört mal, möchte jemand etwas Avocadocreme oder was anderes?

Marcia: Nein, wir sollten anfangen.

Sy (ungeduldig): Laß das doch mit deiner Avocadocreme! Wir müssen anfangen. Es ist ja auch schon halb drei.

Larry: Er müßte jetzt vom Lunch zurück sein, nicht?

Sy: Kommt, wir fangen an.

Carol, Marilyn, Marcia, Larry und Sy setzen sich mit fünf Cassettenrecordern an den Couchtisch.

Marilyn: Ja, gut, fangen wir an.

Larry: Also, hat jeder den richtigen Recorder und die richtige Cassette drin?

Sy: Ja. Haben wir.

Carol: Ja.

Larry: Gut, eine Sekunde, dann können wir... So, und, äh... der Lautsprecher.

Carol: Das ist ein Irrsinn.

Larry: Moment, Moment. Es, äh... ich bin nicht nervös.

Innen. Tag. Kino.

Paul House steht mit seiner Assistentin in einem Raum des Kinos.

Mrs. Dalton: Ach, aber...

Paul (verärgert): Ich bestell den Architekten, und niemand ist hier.

Das Telefon klingelt.

Paul: Los, such jetzt mal den... Ich geh ran. Und ruf die Baufirma an.

Mrs. Dalton: Ja, ja, in Ordnung.

Paul geht in sein Büro und nimmt den Hörer ab.

Paul: Hallo?

Innen. Tag. Marilyns und Sys Wohnung.

Die fünf Freunde sind mit ihren Recordern am Couchtisch bereit. Marcia drückt auf die »Play«-Taste ihres Recorders.

Helen (vom Band): Hallo, Paul! Ich kann jetzt nicht

viel sagen, und wenn ich mich eigenartig anhöre, dann sei nicht beunruhigt.

Marcia hält den Recorder an.

Innen. Tag. Kino.

Paul in seinem Büro telefonierend.

Paul: Was ist denn überhaupt?

Innen. Tag. Marilyns und Sys Wohnung.

Marcia drückt wieder auf ihren Recorder.

Helen (vom Band): Sie haben die Leiche deiner Frau. Sie haben sie mir gezeigt.

Innen. Tag. Pauls Büro.

Paul: Sag das noch mal.

Innen. Tag. Marilyns und Sys Wohnung.

Die fünf Freunde sind verwirrt. Carol wird aufgefordert, ihren Recorder zu drücken. Man hört noch einmal Helens Satz.

Helen (vom Band): Sie haben die Leiche deiner Frau. Sie haben sie mir gezeigt.

Innen. Tag. Pauls Büro.

Paul: Welche Leute haben sie? Wie viele sind es?

Innen. Tag. Marilyns und Sys Wohnung.

Helen (vom Band): Deine Nachbarn. Ja, das stimmt. Sie verlangen 200 000 Dollar dafür.

Innen. Tag. Pauls Büro.

Paul: Von wo rufst du an? Da ist so ein Echo? Telefonierst du über Lautsprecher?

Innen. Tag. Marilyns und Sys Wohnung.

Die Freunde fordern nach kurzer Unsicherheit Marilyn auf, ihren Recorder zu drücken.

Helen (vom Band): Moment.

Sy: Wir haben keine Antwort darauf. Was machen wir?

Marcia: Also wechseln wir das Thema.

Sy: Hmhm.

Carol: Was denn ... Wartet ...

Sy: Pst.

Marcia drückt ihren Recorder.

Helen (vom Band): Entweder mußt du bezahlen oder sie beseitigen.

Innen. Tag. Pauls Büro.

Paul: Paß auf, das können wir nicht am Telefon besprechen. Können wir uns treffen?

Innen. Tag. Marilyns und Sys Wohnung.

Sehr unvermittelt ertönt Helens Stimme.

Helen (vom Band, sehr eifrig): Ja! Sie bewahren sie im Kühlschrank auf.

Die Freunde werden nervös.

Paul (über Telefon – off): Was? ... Was hast du gesagt?

Es wird verzweifelt hantiert. Carol wirkt resigniert.

Helen (vom Band): Ungefähr vor zwei Stunden.

Innen. Tag. Pauls Büro.

Paul: Zwei ... Wieso? Was war vor zwei Stunden?

Innen. Tag. Marilyns und Sys Wohnung.

Hektisches, übernervöses Hantieren mit den Recordern. Schließlich drückt Marilyn ihre »Play«-Taste.

Helen (vom Band): Moment.

Larry: Oh, Gott, jetzt stimmt gar nichts mehr.

Carol: So was Blödes!

Larry: Ich hab alles vermasselt.

Marcia: Okay, jetzt machen wir ganz schnell Schluß. Wir haben es geschafft.

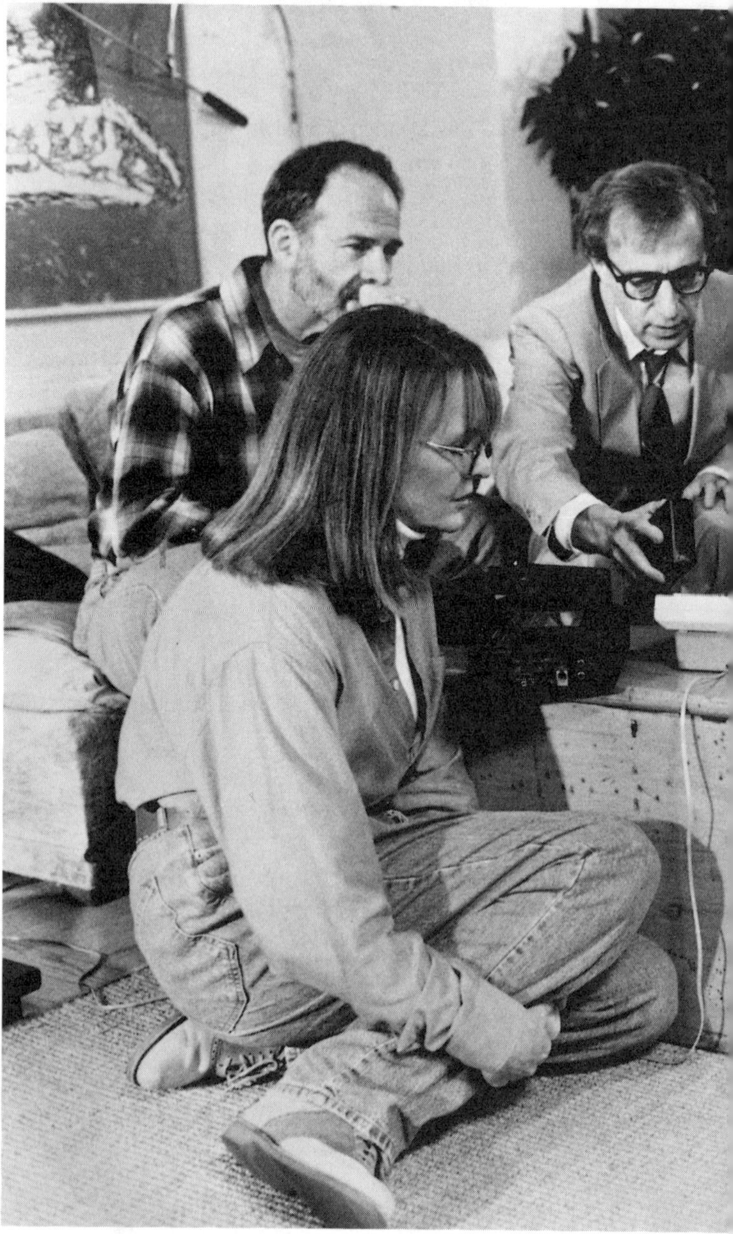

Sy: Okay, dann tut doch was. Tut was.

Marcia: Pscht! Ähm, okay, pst.

Marcia drückt ihre »Play«-Taste.

Helen (vom Band): Hallo, Paul! Ich kann jetzt nicht viel sagen, und wenn ich mich eigenartig anhöre, dann sei nicht beunruhigt.

Innen. Tag. Pauls Büro.

Paul: Also, Helen, das ist doch alles sinnlos. Ich weiß, du bist aufgeregt, aber du mußt dich zusammenreißen. Also, können wir uns treffen? An derselben Stelle wie immer.

Innen. Tag. Marilyns und Sys Wohnung.

Ein Recorder wird gedrückt. Larrys Cassette ist inzwischen defekt. Er zieht an dem Bandmaterial und hat schon viel davon in den Händen.

Helen (vom Band): Moment.

Innen. Tag. Pauls Büro.

Paul: Helen? Helen, bist du noch dran ...? Helen?

Innen. Tag. Marilyns und Sys Wohnung.

Marcia (sehr nervös): Okay, macht schnell, macht schnell, okay?
Carol: Lassen wir das.
Sy: Einer muß was drücken. Macht schon. Ihr könnt nicht ... macht schon.

Larry wirft mit dem Bandmaterial um sich.

Carol: Was?
Marcia: Komm schon, Carol.

Carol drückt ihre »Play«-Taste.

Helen (vom Band): Du hast keine Wahl, sie haben die Ware. Entweder mußt du bezahlen, oder sie beseitigen ... Ich muß jetzt Schluß machen.

Innen. Tag. Pauls Büro.

Paul wirkt sehr beunruhigt. Mrs. Dalton kommt auf ihn zu.

Mrs. Dalton: Was ist denn, Paul? Du siehst ja ganz erschüttert aus.
Paul: Nein ... Nein, es ist nichts.
Mrs. Dalton: Ich mach mir in letzter Zeit Sorgen um dich, Paul.
Paul: Es geht mir gut, es geht mir gut.
Mrs. Dalton (sehr persönlich, besorgt): Du hast dich so verändert.
Paul: Ich sagte, mir geht's gut. Hörst du auf, dich einzumischen!
Mrs. Dalton (tränennah): Früher hast du dich mir immer anvertraut.
Paul (ungehalten): Du sollst mich endlich in Ruhe

lassen... Ich will nicht andauernd über dieses Thema reden.

Mrs. Dalton (seufzt und weint etwas)

Außen. Tag. Marilyns und Sys Wohnhaus.

Carol und Larry kommen aus der Tür.

Larry (off – noch im Hausflur): Gut, klar. Ich warte jetzt also genau eine Stunde und rufe dann Mr. House von einer Zelle aus an. Wo willst... wo willst du denn so schnell hin?

Carol: Ich muß nach Hause, mich umziehen. Ich hab eine Verabredung mit einem Freund von Ted wegen Räumen, die zu ver... was?

Larry (gleichzeitig): Was hast du? Worauf bist du denn so sauer? Warum bist du, warum kochst du so vor Wut?

Carol: Was ist? Na ja, ich... Also, ich versteh einfach nicht, wie du Marcia ein Buch geben kannst und mir nicht.

Die beiden haben den kleinen Vorgarten verlassen und laufen jetzt hintereinander auf dem Gehweg.

Larry: Was redest du da?

Carol: Ich hab es nicht nöt...

Larry: Wir hatten gerade großen Erfolg da drin.

Carol: Was...

Larry: Marcia liest auch gern das, was ich gern lese.

Jetzt gehen beide auf gleicher Höhe.

Carol: Ach, ja, Gott, ja. Ach, ist das wahr? Es ist wohl wahr. Ich mein', wir haben keine Gemeinsamkeiten. Ja, klar.

Larry: Das ... das ... nein.
Carol: Jetzt ... jetzt, wo Nick erwachsen ist, da gibt es eben gar nichts anderes mehr als uns.
Larry: Du hast doch sehr viel gemeinsam mit Ted, nicht? Du kannst mit Ted kochen, und du kannst dich ausziehen dabei, und dann begießt du ein Hühnchen mit Fett.
Carol: Ja, Ted ... ach, ja! Oh ... Ach, und was ist mit dir und Marcia? Was bringt sie dir noch bei außer Pokern?
Larry: Mar...
Carol: Das würd' ich gern mal wissen, ja ...
Larry: Schlammcatchen! Willst du das hören ...? Nichts. Ich bin ihr Lektor.
Carol: Ich glaube, es wird Zeit, daß wir neue Werte in unserem Leben festsetzen.
Larry: Ich setze doch schon neue Werte darin fest.
Carol: Ja?
Larry: Ich ... ich kriege eine Zehn, und du eine Sechs.
Carol: Ach, paß auf. Ich glaube, ich gehe vielleicht wieder zu meinem Analytiker.
Larry: Komm mal her.
Carol: Ich glaube ... ich denke, ich muß ...
Larry: Du brauchst keinen Analytiker.
Carol: Ach!
Larry: Alles, was dir fehlt, kann man mit einer Großpackung Valium und einem Poloschläger heilen.
Carol: Jetzt hör mal ... Ich würde sehr gern für eine Weile allein sein, klar, Larry?
Larry: Was soll denn dieses Ge...
Carol: Nur ... nur ... ich ... ich ... ja, okay?

Carol läuft schnell weg. Larry bleibt resigniert stehen.

Innen. Tag. Café.

Helen Moss und Ted sitzen an einem Tisch.

Helen: Und dann hab ich auch noch einen total verrückten Vater und so.

Ted: Ach, ja?

Helen: Äh, ja. Er wird in drei Staaten gesucht. Weil er so katastrophal Auto fährt. Deshalb mußten wir auch umziehen von Virginia nach New Jersey, und ...

Ted: Ihr Vater wird also in drei Staaten gesucht, wegen seiner Fahrweise ...? Wirklich?

Helen: Ja, wegen seiner Fahrweise, ja.

Ted: Das ist ja ... Hm.

Helen: Darum ging ich nach Hackensack ..., na, jedenfalls ... nahm ich dann an vielen Miss-Wahlen teil, und ich war sogar, äh ... (mit ziemlichem Stolz) »Miss Teenage Passaic« ...

Ted: Oh! Wie wunderbar!

Helen (lachend): Ja.

Innen. Tag. Carols und Larrys Wohnung.

Carol kommt angespannt und ärgerlich nach Hause.

Carol: Ach, Gott!

Sie wirft ihre Tasche auf den Tisch, zieht ihre Jacke aus, geht ins Ankleidezimmer. Danach ins Bad.

Carol (seufzt): Also ... das ... Es ist alles ... (räuspert sich und seufzt)

Carol geht ins Bad. Paul House hat sich schon in der Wohnung versteckt. Er geht jetzt auf die Badezimmertür zu. Schnitt.

Innen. Tag. Café.

Ted und Helen am Tisch.

Ted: War das vor oder nach der vierten Abtreibung?

Helen: Das ist ... na ja, nach der vierten Abtreibung, aber vor der Schauspiel-Urkunde.

Ted: Der Schauspiel-Urkunde?

Helen: Mhm.

Ted: Ich habe vergessen, was ...

Helen: Wissen Sie noch? Wissen Sie noch?

Ted: Was?

Helen: »Fort, fort, verdammter Fleck!« ... Der Topless Macbeth?

Ted (nicht zu laut und nicht zu begeistert): Ach, ja! Ach, für das Bierfest der Studentenverbindung, ja, ja.

Helen: Ja, ja.

Ted: Der Topless Macbeth. Ich ... Wie konnte ich das vergessen? Ich war wohl ...

Helen: Ich war da sehr gut, ganz ehrlich.

Außen. Tag. Straße.

Larry steht an einem öffentlichen Fernsprecher. Er wirft eine Münze ein, hält einen Zettel in der Hand, wählt und wartet. Er ist sehr aufgeregt, möchte aber gern souverän wirken.

Larry (schluckt nervös): Hallo, Mr. House? (atmet) Hier ist Larry Lipton ... (außer Atem) Ich ... ich hab ... ein Paket, das Sie sicher haben wollen. (räuspert sich) Natürlich kostet Sie das ... äh ... 200 000 Dollar in ... in ... kleinen, nicht markierten Scheinen.

Oder, oder in großen markierten. Fa... fa... falls Ihnen das eher zusagen würde.

Innen. Tag. Pauls Büro.

Paul steht mit dem Hörer in der Hand vor einem Stuhl, auf dem Carol gefesselt und geknebelt sitzt.

Paul: Und ich habe ein Paket, das Sie vielleicht gern hätten, Mr. Lipton... Falls Sie Ihre Frau lebendig wiedersehen wollen, tun Sie, was ich Ihnen sage.

Außen. Tag. Straße.

Larry an dem öffentlichen Fernsprecher.

Larry: Ach, wirklich? Und ich glaube, Sie bluffen. Ja, und man soll nie versuchen, einen Bluffer zu bluffen. Ja, fa... falls Sie Carol haben, möchte ich sie sprechen.

Innen. Tag. Pauls Büro.

Paul nimmt Carol den Knebel aus dem Mund und läßt sie sprechen.

Carol: Larry, Larry, hilf mir! Ich bin hier, Larry!

Paul schiebt Carol den Knebel wieder in den Mund.

Außen. Tag. Straße.

Larry am Fernsprecher.

Larry: Oh, mein ... mein Gott! Tun ... tun ... tun Sie ihr nichts an.

Innen. Tag. Pauls Büro.

Paul: Ich sag Ihnen jetzt genau, wo wir uns treffen, und Sie bringen das Paket mit, das ich haben will. Und sobald ich es habe und in Sicherheit bin, kriegen Sie Ihre Frau wieder ... Andernfalls werde ich sie töten.

Außen. Tag. Straße.

Larry am Fernsprecher.

Larry: Ja! Ja! Ja, nein, nein, nein, nein. Ich, ich habe verstanden. Ich, äh, ja, nein, ich komme, ich komme. Ich bin, ich ... Ja, ich bring, ... ich bring die Leiche Ihrer Frau mit, sie ... in ... in ... in meinem Kofferraum. Ja, ich ... ich ver... verspreche, ich werde da sein. Ich ... (atmet erregt und ängstlich)

Larry legt schnell auf.

Larry (für sich): Ich hab ja gar nicht die Leiche seiner Frau. Bluff, Bluff.

Außen. Tag. Straße.

Larry fährt in seinem Wagen unter einer Subway-Strecke entlang und kommt dann zu dem Kino. Paul House erwartet ihn schon. Larry steigt aus.

Larry: Wo ist Carol?

Paul: Zeigen Sie mir erst Lillians Leiche.

Larry: Ich ... ich habe sie hier.

Paul bedroht Larry mit einem Revolver.

Paul: Sie hat doch unmöglich dieses Bad im geschmolzenen Stahl überstanden.

Larry: Nein ... Nein. Ich ... ich ... ich ha... ha...

Paul: Falls Sie nicht bluffen, wo ist sie?

Larry: Warum sind Sie so nervös? Warum sind Sie so nervös?

Paul: Wo?

Larry: Wenn ich sie nicht habe, wicso sind Sie dann nervös?

Paul: Wo ist sie?

Larry: Ich hab sie hinten im Kofferraum.

Paul: Aufmachen! Los, sofort!

Larry: Ich ... ich habe sie.

Paul: Wenn sie nicht drin ist, jag ich Ihnen eine Kugel in den Kopf. Los, aufmachen!

Larry: Ich schlie... Ich ...

Paul: Na, los, na, los ...! Gehen Sie da weg!

Larry schließt nervös den Kofferraum auf. Er will zweimal die Klappe schließen. Es gelingt ihm nicht. Er geht mit einem Ring in der Hand auf Paul House zu.

Larry: Nein, nein, ich hab sie. Sehen Sie, hätte ich sie nicht, wieso hab' ich dann ihren Ring? Ich hab hier ihren Ring. Das ist ... das ist ihr Ring.

Paul stößt Larry beiseite und geht an den Kofferraum.

Paul: Ich glaube, Sie lügen!

Larry: Das ist ein ... Nein, nein, nein, nein. Ach, ähm ... Ach, bitte, also ...

Paul reißt aus dem Kofferraum eine Frauenpuppe.

Paul (wütend): Was soll das? Was soll das?

Larry: Ich konnte noch nie bluffen.

Paul: Was?

Larry: Ich ... ich hab' im Laufe der Jahre ein Vermögen beim Kartenspielen verloren.

Paul hält Larry den Revolver an die Brust.

Paul: Hören Sie mal zu!

Larry: Ich bin kein Bluffer!

Paul: Ich mache jetzt ... Mir langt es.

Paul bedrängt Larry, der sich verzweifelt wehrt.

Innen. Tag. Pauls Büro.

Carol versucht sich zu befreien.

Außen. Tag. Straße.

Vor dem Kino. Die Männer kämpfen miteinander.

Paul: Loslassen! (atmet)

Larry (atmet stark)

Ein Schuß löst sich. Larry kann aber fliehen. Er stürmt in das Kino.

Innen. Tag. Kino.

Larry hetzt eine Metalltreppe hinunter. Im Kino läuft der Orson-Welles-Film »Die Lady von Shanghai«. Larry steht hilflos da. Er weiß nicht, wohin er laufen soll. Die Vergnügungsparksequenz des Films reflektiert in den vielen Spiegeln des Kinos. Paul kommt jetzt mit dem Revolver in der Hand ins Kino.

Mike (Orson Welles; über Lautsprecher): Das ist das, was Grisby dachte. Aber natürlich wollte sie auch ihn umbringen, nachdem er seinen Auftrag erledigt hatte. Der bedauernswerte Vollidiot. Er kam gar nicht dazu. Er ging los und erschoß Broome. Und das gehörte nicht zum Plan. Broome hätte vor seinem Tod noch bei der Polizei aussagen können. Und wenn die Polizei so auf Grisbys Spur gekommen wäre und ihn zum Reden gebracht hätte, würde er alles ausgeplaudert haben, und sie wäre geliefert gewesen. Darum mußte sie Grisby zum Schweigen bringen, und zwar so schnell wie möglich ... Und ich war der Prügelknabe.

Innen. Tag. Pauls Büro.

Carol versucht immer noch, sich von dem Knebel und den Fesseln zu befreien.

Elsa (Rita Hayworth; off): Warum versuchen Sie nicht, das alles zu verstehen?

Innen. Tag. Pauls Kino.

Weiterhin »Die Lady von Shanghai« auf der Leinwand. Das projizierte Bild vervielfältigt sich durch die zahlreichen Spiegel im Raum.

Elsa (Rita Hayworth): Er war verrückt. Ich mußte ihn erschießen.

Mike (Orson Welles): Und was ist mit mir?

Paul taucht mit dem Revolver in der Hand auf. Schnitt. Larry versteckt sich hinter einem Spiegel und stößt diesen ungeschickt um.

Elsa (Rita Hayworth): Gehen wir miteinander fort.

Mike (Orson Welles): Die menschliche Natur ist gut. Deswegen folge ich ihr, hast du gesagt. Aber hast du noch nie davon gehört, daß es noch etwas Besseres gibt, dem man folgen kann?

Die Kamera schwenkt schnell auf Paul.

Larry (off): Hilfe! Hilfe!

Paul: Hinter der Leinwand kann man uns nicht sehen. Und wenn der Ton an ist, hört uns auch keiner.

In vielen Spiegeln sieht man den projizierten Kopf von Rita Hayworth als »Elsa« in »Die Lady von Shanghai«. Hinter einem Spiegel taucht jetzt Mrs. Dalton auf. Sie hat ebenfalls eine Waffe in der Hand.

Paul (off): Man hört nicht mal einen Schuß!

Bannister (Everett Sloane; Ausschnitt aus »Die Lady von Shanghai«): Ich wußte, daß ich euch beide zusammen finden würde. Hätte ich dieses Versteck nicht gekannt, wäre ich vielleicht weiter auf dich hereingefallen.

Mrs. Dalton: Hallo, Paul! Mich hattest Du wohl nicht erwartet.

Paul steht vor vielen Spiegeln. Er ist sehr verblüfft.

Paul: Mrs. Dalton?!

Bannister (Everett Sloane): Du hast es nicht geahnt, aber ich war über deine Pläne informiert.

Die Kamera schwenkt auf Mrs. Dalton.

Mrs. Dalton: Du hast mir in all den Jahren viele Versprechungen gemacht.

Elsa (Rita Hayworth): Du bist betrunken.

Bannister (Everett Sloane): Ich nehme an, du denkst, wenn du mich hier ermordest, dann wird dein Freund, der Seemann, die Schuld bekommen...

Mrs. Dalton: Und dann hast du dich entschieden, mich fallenzulassen. Und das alles für dieses junge Model.

Paul (off): Ich habe dir nie etwas vorgemacht.

Mrs. Dalton: Für Entschuldigungen ist es zu spät.

Bannister (Everett Sloane): ...und du bekommst mein Vermögen.

Paul: Keiner von euch kann was beweisen.

Der Ausschnitt von »Die Lady von Shanghai« in den vielen Spiegeln.

Bannister (Everett Sloane): Daher ist es zwecklos zu schießen.

Larry läuft suchend die Metalltreppe hinunter.

Bannister (Everett Sloane; off): Diese Spiegel sind etwas ungünstig für unser gemeinsames Vorhaben. Aber ich werde dich trotzdem treffen.

Larry: Carol...? Carol...? Carol?

Mrs. Dalton steht mit der Pistole in der Hand vor dem vielfach projizierten Filmbild.

Mrs. Dalton: Ich ziele auf dich, Geliebter... und wenn ich dich umbringe, bringe ich auch mich um.

Bannister (Everett Sloane): Ich weiß, wenn ich dich töte, töte ich auch mich selbst. Es ist Selbstmord.

Mrs. Dalton: Aber ich bin unser beider überdrüssig.

Mrs. Dalton schießt auf Paul. Er feuert zurück. Im Film »Die Lady von Shanghai« fallen ebenfalls Schüsse. Paul bricht tot zusammen. Mrs. Dalton blickt verächtlich auf ihn herab und wirft ihre Pistole neben seine Leiche.

Bannister (Everett Sloane): Aber ich bin unser beider überdrüssig. Für eine raffinierte Frau hast du sehr viele Fehler gemacht. Warum hast du mich nicht leben lassen? Du wirst einen guten Anwalt brauchen.

Elsa (Rita Hayworth): Er... und... George...

Innen. Tag. Pauls Büro.

Larry stürzt hinein. Er umarmt mehrfach Carol. Sie reden aufgeregt miteinander, und er versucht ungeschickt, sie zu befreien.

Larry: Oh... oh, Gott! Ist alles in Ordnung? Ist dir nichts geschehen?

Carol: Oh, Gott, Larry! Ach, Larry, ich bin ja so froh, daß du da bist!

Larry: Ach, herrje, ich war... ich war noch nie in meinem Leben so froh, jemanden wiederzusehen.

Carol: Ich weiß... Ach, Schatz... hier! Binde mich los, ja?

Larry: Geht's dir auch wirklich gut?

Carol: Ja, es geht mir gut.

Larry: Du weißt ja gar nicht, was da draußen los war. Ich werde nie wieder sagen, daß das Leben nicht die Kunst imitiert. Ich bin... ich... Ach, Go...

Carol: Wir... wir müssen die Polizei holen, Larry.

Larry: Ja... Und... und... und einen Glaser!

Im Hintergrund ist noch unverständlich der Film »Die Lady von Shanghai« zu hören.

Carol: Ich weiß... Oh, Gott!

Larry greift hektisch zum Telefonhörer.

Larry: Schnell, schnell! Wähl, wähl, wähl!

Carol: Oh, mein Gott! Schnell wählen, ich weiß.

Larry umarmt Carol nochmals. Sie drückt sehr schnell die Telefontasten. Sie hält den Hörer ans Ohr.

Larry: Oh!

Carol: Larry! Ach, Gott, Larry! Oh, Gott, oh, Schatz.

Larry versucht, Carol den Strick abzunehmen. Er tut ihr offensichtlich weh.

Carol: Oh, Gott...! Au, au! Oh, Gott! Ach, je!

Larry: Ach, mein Gott! Entschuldigung, Entschuldigung. Oh, mein geliebtes Wesen, geliebtes Wesen!

Carol: Hallo? ... Ach, Gott!!!

Beide umarmen sich erneut. Carol lacht erschüttert und befreit zugleich.

Außen. Tag. Straße.

Marcia und Ted kommen aus einer Polizeirevierwache.

Ted: Ach, Gott, das ist ja so kompliziert. Ich... ich krieg das gar nicht auf die Reihe.

Marcia: Ach, hör zu... ich erklär es dir alles noch mal.

Marcia bleibt stehen. Sie holt sich eine Zigarette aus ihrer Tasche. Ted gibt ihr Feuer.

Innen. Abend. Die Wohnung von Mrs. und Mr. House.

Rückblende.
Man sieht dieselben Szenen wie vorher. Mrs. House gibt ihrer Schwester und ihrem Mann Wein. Die Schwester bricht tot zusammen. Mrs. House entkleidet sie. Paul House telefoniert erregt.

Marcia (off): Mrs. House hatte eine Schwester, die vor vielen Jahren nach England gezogen war. Ihr Name hatte sich bei ihrer Heirat geändert. Ihr Mann starb. Vor kurzem zog sie zurück nach New York. Eine sehr, sehr reiche Witwe, aber sehr isoliert. Mr. und Mrs. House wußten, daß sie von ihr nichts erben würden. Sie luden sie zum Essen ein, und zufällig war's da dann mit ihr vorbei. Ich glaube, daß es dort war. Sie sah ihrer Schwester ziemlich ähnlich, und so kam es dann zu dem Schwindelmanöver... Sie taten so, als ob Lillian House gestorben wäre. Sie ließen die Schwester einäschern. Lillian zieht in ein billiges Hotel und gibt sich wochenlang als ihre Schwester aus. Sie löst deren Konten auf, liquidiert alle Vermögenswerte. Eine Riesensumme kommt zusammen.

Außen. Tag. Vor der Polizeirevierwache.

Marcia und Ted gehen jetzt die Stufen und danach die Straße hinunter.

Marcia: Was sie nicht wußte, war, daß ihr Mann sie mit Helen Moss betrogen hat. Diesem hübschen Model.

Ted: Mhm.

Marcia: Und er beschließt dann, auch ihren Anteil zu

kassieren ... Und abzuhauen nach ... ich weiß nicht mehr, wohin, mit seiner Geliebten ... und die ganze Kohle selbst zu behalten ... Also ... ist Lillian dann dran. Er läßt sie einäschern oder übergießt sie mit geschmolzenem Stahl oder so was. Und dann tauchen wir auf und kommen ihm in die Quere.

Ted: Er hatte großartige Alibis.

Marcia: Ja, die Frau, die für ihn gearbeitet hat.

Ted: Ja, ja.

Marcia: Mrs. Dalton ... Sie hat ihn gedeckt, und sie hat ihn geliebt. Sie hat nicht im Traum daran gedacht, daß er ein Mörder war.

Ted wechselt plötzlich eifrig das Thema.

Ted: Was hast ... hast du. Ich möchte jetzt feiern oder so. Was hast du jetzt vor? Willst du ... wollen wir mal sehen ... was, äh, Larry und Carol jetzt machen.

Marcia: Ich glaube, sie wollen allein sein.

Ted: Oh, ja. Äh ... okay. Na, gut, hast ... hast du denn irgendwas vor?

Marcia: Du lädst mich zum Essen ein, nicht wahr?

Ted: Ja, genau. Absolut richtig ... Aber wir können nicht zusammen schlafen.

Marcia: Warum nicht?

Ted: Heu ... heute nacht nicht. Na ja, ich hab' heute schon einmal mit Helen Moss geschlafen und bin auch nicht mehr so jung und fit wie früher.

Marcia: Du tust wirklich alles, um einen Mörder zu überführen, nicht?

Ted (lacht schmunzelnd)

Außen. Tag. Straße.

Carol und Larry tauchen an der Straßenecke auf. Sie gehen dann auf ihr Wohnhaus zu.

Larry: War das ein Erlebnis! Ich ... zittere immer noch.

Carol: Oooh! (lacht) Ich weiß. Ich weiß.

Larry: Es ist unglaublich.

Carol: Weißt du ... Larry, du warst überraschend mutig. Ja!

Larry: Was ist denn daran so überraschend? Es ist wohl noch der Schock!

Carol: Na, ja ...

Larry: Weißt du, ich, ich bin ein ziemlich starker Typ.

Carol: Na ja, verstehst du ... Ja, ich weiß, ja ...

Larry: Und was möchtest du heute abend essen? Wir gehen aber in kein Restaurant, wo Feiglinge Zutritt haben.

Carol: Ich weiß nicht ... (sie lacht fröhlich und albern)

Larry: Ich ... Was gibt's da zu lachen?

Carol: Weißt du, Larry, ich liebe dich ... ich liebe dich.

Larry: Wie konntest du jemals eifersüchtig sein auf Marcia?

Carol: Weißt du ...

Larry: Das ist doch lächerlich. Weißt du nicht, daß ich nur dich lieben kann.

Carol: Na, aber ... du warst eifersüchtig auf Ted.

Larry: Ted?

Carol: Ja.

Larry: Das ist doch ein Witz! Denk dir seine ... seine Plateausohlen weg und seine falsche Sonnenbräune und seine Jacketkronen, was hast du dann?

Carol: Dich!

Larry: Ja, das, das ist sehr gut. Ja! Ich …

Carol (lacht albern und ausgelassen)

Die beiden haben die Glastür ihres Wohnhauses erreicht. Carol geht vor. Der Portier öffnet ihnen die Tür. Larry dreht sich noch einmal um und bleckt die Zähne in Richtung Straße.

Ende

Bitte beachten Sie auch
die folgenden Seiten

Woody Allen im Diogenes Verlag

»Unter den großen Filmkomikern (Chaplin, Keaton, Laurel & Hardy, Jerry Lewis) ist Woody Allen der erste Intellektuelle – es hat die Liebe zu ihm nicht behindert, seinen Welterfolg nicht aufgehalten. Woody Allen gehört seit *Manhattan* wohl endgültig zu den Kinomythen – zu den wenigen wahrhaft humanen.«
Die Zeit, Hamburg

Werkausgabe seiner Drehbücher mit zahlreichen Szenenfotos

Was Sie schon immer über Sex wissen wollten, aber nie zu fragen wagten
Aus dem Amerikanischen von Walle Bengs. Mit 10 Fotos

Der Stadtneurotiker
›Annie Hall‹. Drehbuch von Woody Allen und Marschall Brickman. Deutsch von Eckhard Henscheid und Sieglinde Rahm. Mit 19 Fotos

Manhattan
Drehbuch von Woody Allen und Marshall Brickman. Deutsch von Hellmuth Karasek und Armgard Seegers. Mit 20 Fotos

Zelig
Deutsch von Armgard Seegers. Mit 16 Fotos

Hannah und ihre Schwestern
Deutsch von Walle Bengs
Mit 22 Fotos

Verbrechen und andere Kleinigkeiten
Deutsch von Willi Winkler
Mit 11 Fotos

Schatten und Nebel
Deutsch von Ilse Bezzenberger und Jürgen Neu. Mit 14 Fotos

Ehemänner und Ehefrauen
Deutsch von Jürgen Neu
Mit 19 Fotos

Manhattan Murder Mystery
Deutsch von Jürgen Neu. Mit Fotos

Federico Fellini im Diogenes Verlag

»Fellinis literarische Entwürfe zu seinen Filmen lesen sich als große Dichtung.« *Martin Schlappner/NZZ*

»Der Druck seiner Filmarbeiten wird wahrscheinlich noch weiter wirken als die Filme selbst–einfach weil das Protokoll dieses Erträumers mit Schreibstift und Kamera sich in aller Schlichtheit noch besser festhakt als das handlungsstarke Bild. Mit der Fellini-Reihe findet nicht ein Protokoll zum Filmgedicht statt, sondern Literatur. Die Fellini-Werkausgabe hat vorerst keine vergleichbare Parallele–so wenig, wie Fellini selber eine hat. Sie wendet sich nicht nur an Cinéasten; sie ist auch eine Fundgrube für Psychologen, Soziologen, Pädagogen und für jeden Kino- und Literaturfreund.« *Christian Ferber/Die Welt, Bonn*

Werkausgabe der Drehbücher und Schriften. Herausgegeben von Christian Strich. Jeder Band mit zahlreichen Szenenfotos, dem Treatment und Äußerungen Fellinis. Bisher liegen vor:

Der weiße Scheich
Drehbuch von Federico Fellini in Zusammenarbeit mit Tullio Pinelli und Ennio Flaiano. Mit einem Vorwort von Federico Fellini und 38 Fotos Aus dem Italienischen von Renate Heimbucher

I Vitelloni
Drehbuch von Federico Fellini in Zusammenarbeit mit Tullio Pinelli und Ennio Flaiano. Deutsch von Georg-Ferdinand von Hirschau, Thomas Bodmer und Dieter Schwarz. Mit 56 Fotos

La Strada
Mit einem Vorwort von Federico Fellini und zahlreichen Fotos. Deutsch von Georg-Ferdinand von Hirschau, Thomas Bodmer und Dieter Schwarz. Mit 55 Fotos

Die Gauner
Drehbuch von Federico Fellini in Zusammenarbeit mit Ennio Flaiano und Tullio Pinelli. Mit einem Vorwort von Federico Fellini und 34 Fotos Deutsch von Renate Heimbucher

Die Nächte der Cabiria
Drehbuch von Federico Fellini in Zusammenarbeit mit Ennio Flaiano, Tullio Pinelli und Brunello Rondi. Mit 53 Fotos. Deutsch von Dieter Schwarz und Olga Gloor

La Dolce Vita
Drehbuch von Federico Fellini in Zusammenarbeit mit Tullio Pinelli, Ennio Flaiano und Brunello Rondi Deutsch von Bettina und Toni Kienlechner und Eva Rechel-Mertens. Mit 57 Fotos

8 1/2
Drehbuch von Federico Fellini in Zusammenarbeit mit Ennio Flaiano, Tullio Pinelli und Brunello Rondi Deutsch von Toni Kienlechner und Eva Rechel-Mertens. Mit 52 Fotos

Julia und die Geister
Drehbuch von Federico Fellini in Zusammenarbeit mit Tullio Pinelli, Ennio Flaiano und Brunello Rondi Deutsch von Margaret Carroux und Bettina und Toni Kienlechner. Mit 66 Fotos

Satyricon
Drehbuch von Federico Fellini in Zusammenarbeit mit Bernardino Zapponi. Deutsch von Dieter Schwarz Mit 45 Fotos

Roma
Drehbuch von Federico Fellini in Zusammenarbeit mit Bernardino Zapponi. Deutsch von Toni Kienlechner. Mit 50 Fotos

Amarcord
Drehbuch von Federico Fellini in Zusammenarbeit mit Tonino Guerra Deutsch von Georg-Ferdinand von Hirschau, Eva Rechel-Mertens und Thomas Bodmer. Mit 64 Fotos

Casanova
Drehbuch von Federico Fellini in Zusammenarbeit mit Bernardino Zapponi. Deutsch von Inez De Florio-Hansen und Dieter Schwarz. Mit 54 Fotos

Orchesterprobe
Drehbuch von Federico Fellini. Deutsch von Trude Fein. Mit 50 Fotos

Die Stadt der Frauen
Drehbuch von Federico Fellini und Bernardino Zapponi in Zusammenarbeit mit Brunello Rondi. Deutsch von Beatrice Schlag u.a. Mit 65 Fotos

E la nave va
Drehbuch von Federico Fellini in Zusammenarbeit mit Tonino Guerra Deutsch von Renate Heimbucher. Mit 55 Fotos

Ginger und Fred
Drehbuch von Federico Fellini in Zusammenarbeit mit Tonino Guerra und Tullio Pinelli. Deutsch von Renate Heimbucher. Mit 49 Fotos

Intervista
Drehbuch von Federico Fellini. Mit einem Vorwort von Federico Fellini. Deutsch von Renate Heimbucher. Mit 50 Fotos

Die Stimme des Mondes
Drehbuch von Federico Fellini in Zusammenarbeit mit Tullio Pinelli und Ermanno Cavazzoni. Deutsch von Renate Heimbucher. Mit 53 Fotos

Aufsätze und Notizen
Herausgegeben von Christian Strich und Anna Keel. Mit einer kompletten Fellini-Filmographie

Fellini über Fellini
Ein intimes Gespräch mit Giovanni Grazzini. Deutsch von Renate Heimbucher

Spielen wie die Kinder
Aus Gesprächen Federico Fellinis mit Journalisten ausgewählt von Daniel Keel. Mit Zeichnungen von Federico Fellini

Liliana Betti
Fellini
Versuch einer Sekretärin, ihren Chef zu porträtieren. Deutsch von Inez De Florio-Hansen. Mit 80 Fotos und Zeichnungen

Tullio Kezich
Fellini
Eine Biographie. Mit vielen Fotos, Filmographie und Register. Deutsch von Sylvia Höfer

Fellini's Faces
Vierhundertachtzehn Bilder aus Fellinis Fotoarchiv. Ausgewählt von Christian Strich. Mit einem Vorwort von R.D. Laing und einer Einleitung von Federico Fellini

David Robinson
Chaplin
Sein Leben, seine Kunst
Aus dem Englischen von
Brigitte Mentz und Matthias Müller

Mit über 100 Fotos, Faksimiles, Illustrationen, einem Chaplin-Stammbaum, einem Chaplin Who's Who, einem Essay über Chaplin und den FBI, einer ausführlichen Filmographie, Zeittafel und Register.

Als erster Biograph hatte David Robinson Zugang zu den streng gehüteten Archiven der Familie Chaplin. Ohne die Lebensgeschichte zu vernachlässigen, bilanziert er vor allem Chaplins Filmchronik, die zur Chronik seines Lebens wurde. Robinson dokumentiert eine Biographie, die zum Dokument des Zeitlaufs wurde. Das voluminöse Opus gleicht einem Logbuch zum Leben und zur Kunst von Chaplin. Einen Wunsch weckt das Buch bestimmt: den, es noch einmal zu lesen, so wie man einen Chaplin-Film nicht nur einmal sieht.

»Eine faktenreiche und präzise Darstellung von Chaplins Kunst, ein spannender Bericht über die Produktionsbedingungen wichtiger Filme, über Affären, über Geld, über Gewinne und Hoffnungen, über Verluste und Enttäuschungen. Ein Standardwerk.«
Frank Schirrmacher / Frankfurter Allgemeine Zeitung

»In diesem Monumentalwerk finden Sie wirklich alles, was Sie schon immer über Chaplin wissen wollten. Und zwar so, daß Sie die fast 900 Seiten wie einen spannenden Roman verschlingen werden.«
La Repubblica, Rom

»Wenn Sie noch mehr wissen möchten, als Sie in diesem Riesenwerk finden, sind Sie nicht bloß ein Film-Fan. Dann sind Sie absolut wahnsinnig.«
The Times, London

Jean Renoir

Mein Leben und meine Filme

Autobiographie
Aus dem Französischen von Frieda Grafe
und Enno Patalas

Renoirs Autobiographie beginnt im Künstlermilieu des späten 19. Jahrhunderts, in der Wunderwelt seines Vaters, des Modells Gabrielle und der provenç alischen Bauern. Später begegnen wir Catherine Hessling, dem Star seiner ersten Stummfilme, dann Marcel Pagnol, Louis Jouvet, Jean Gabin, D. W. Griffith, Charles Laughton, Marlene Dietrich und vielen anderen. Weiterhin äußert er sich zu Fragen der Kinoästhetik, behandelt das Verhältnis von Film und Publikum, Autor und Regisseur. Von zwei Welten erzählt dieses Buch: aus der großen Epoche des französischen Films und aus Hollywood.

»Jean Renoir war einer der Giganten des Kinos – einer von denen, die es möglich gemacht haben, daß man heute das Kino ohne zu lachen als die Siebente Kunst bezeichnen kann.« *Charles Vanel / Paris Match*

»Der größte Filmregisseur der Welt? Meiner Meinung nach ist das ein Franzose. Er heißt Jean Renoir.«
Charles Chaplin

Frank Capra
Autobiographie

Aus dem Amerikanischen von Sylvia Höfer
Mit zahlreichen Abbildungen und einem
Nachwort von Norbert Grob

»Da schreibt eine der wichtigsten Figuren Hollywoods ebenso charmant über ihre Erfolge wie über ihre Pleiten. Capra erzählt von seinen Anfängen beim Film – die gleichzeitig die Anfänge des Tonfilms sind –, er gibt seine Anfängerpleiten als Regisseur zum besten und beschreibt menschlich einfühlsam die Stars, mit denen er arbeitete, wie zum Beispiel Gary Cooper, Claudette Colbert, Clark Gable, Barbara Stanwyck und Jean Harlow. Aber vielleicht am wertvollsten für Filmkenner sind seine Kommentare und Werkstattbemerkungen zu seinen eigenen Filmen, solchen Klassikern wie *It Happened One Night*, *Mr. Deed Goes to Town*, *Lost Horizon*, *It's a Wonderful Life*, *Mr. Smith Goes to Washington* und – last but not least! – *Arsenic and Old Lace*.

»Seine Helden verkörpern jenen aufrechten Individualismus, der sich im Kampf des kleinen Mannes manifestiert, gegen die Intrigen der Geschäftemacher und der Politiker. Frank Capra hat nie den Glauben an den Sieg der gerechten Sache, der Freiheit des Einzelnen verloren.« *Fritz Göttler/Süddeutsche Zeitung, München*

»Hollywoods populärster Filmregisseur. Seine Filme wollten die Wirklichkeit nicht kritisieren, sondern transzendieren, sie handelten von der Kraft der Illusion und hatten selbst diese Kraft – der Film war das Wunder, von dem er erzählte: Nie war das Kino mit sich selbst so identisch wie bei Frank Capra.«
Der Spiegel, Hamburg

»Es ist einfach wundervoll! Ich sage nicht, es sei einfach das beste Buch, das je über Hollywood geschrieben wurde; es ist das einzige Buch, das je über Hollywood geschrieben wurde.« *John Ford*